NF文庫
ノンフィクション

聖書と刀

玉砕島に生まれた人道の奇蹟

船坂 弘

潮書房光人新社

聖書と刀——目次

1 或る電話 13
2 遥かな声 31
3 尋ねびと 49
4 有刺鉄線 65
5 再会 85
6 日本の心 99
7 白い米 117
8 啓示 131

9 新たな虜囚 147
10 戦わざる志願兵 161
11 不幸な味方撃ち 181
12 ソンジャン 201
13 遺体のうったえ 219
14 日本刀 233
15 遠いことづて 245
あとがき 261

(上)クレンショー氏と著者、21年目の再会。
(下)剣道の防具をつけて竹刀を構えるクレンショー氏。後足の踵がおのずから浮いて、見事な正眼の構えになっている。

（上）著者愛蔵の日本刀を見るクレンショー氏と著者。
（下）高校時代のクレンショー氏。前列右から3人目。

(上)クレンショー氏。1944年12月頃、ペリリュー島捕虜収容所の近くにある日本軍トーチカの前で。腰のピストルは、ついに誰をも射たなかった。(下)クレンショー氏とその家族。

クレンショー氏の滞日の間、「聖書と刀」のぶつかりあいは、友情の中で毎夜行なわれた。

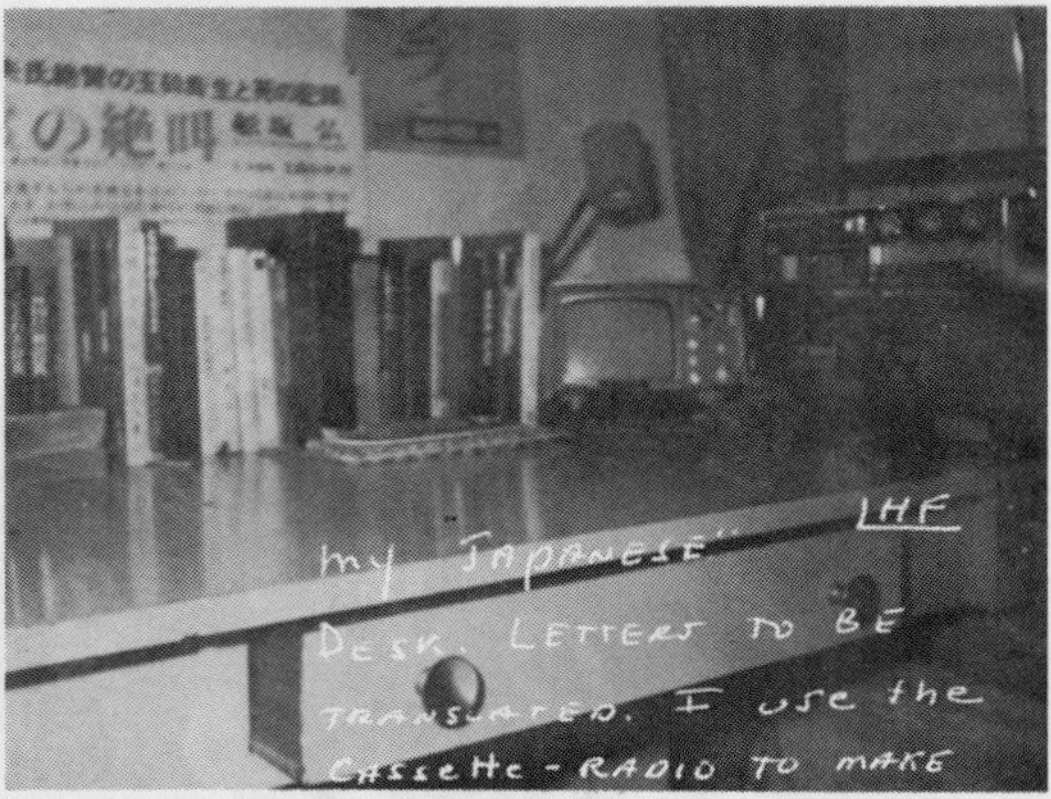

の絶叫
LHF
my JAPANESE DESK. LETTERS TO BE
TRANSLATED. I use the
CASSETTE-RADIO TO MAKE

LANGUAGE TAPES OF
NEW WORDS. Notice
THE T.V. YOU GAVE
me.
VERNON

本立てに著者の本が5冊あり、壁にはその本のポスターが見える。

聖書と刀

玉砕島に生まれた人道の奇蹟

1 或る電話

昭和四十一年四月七日のこと、突然アメリカ大使館から電話がかかって来た。それを取次いだ妻のナオエは動転していたが、私には戦後知り合った一、二のアメリカ人があった。しかし電話は彼らのいずれでもなかった。

交換手か秘書と思われる女の声が私を確認したあと、男の声に代わった。彼は中村事務官と名乗った。

「まことに無躾なおたずねですが、船坂さんは戦時中、どちらの方面の島におられましたか」

アンガウル島。米軍の日本本土進攻の飛石作戦に、守備隊が玉砕したその島の名を私は答えねばならなかった。パラオ諸島の中の珊瑚島である。

私はその島の名を答えながら、パラオ島民に何かトラブルでも起こったのではないだろうかと考えていた。というのは、その頃私は、玉砕の島からの数少ない生還者の一人として、パラオ一帯の玉砕島で戦死した日本兵の慰霊碑を立てようと企てていた。パラオ諸島は米国の管理下にあった。私が日本政府に出した慰霊碑建立の歎願書が、米国政府に渡され、その審査のための電話かも知れない。

この他に思い当たることは、私が四十年夏パラオ戦域に収骨のために渡った時のことである。米国は収骨を許さず、私たち一行はグアム島で一週間も足どめをくってしまった。やっと許可をとり、悲惨な戦跡を巡って僅かの収骨をした。あの時のことが今問題になっているのだろうか。

私の渡島後、パラオ島民がはるばる私を頼ってもう何人かが日本に来ている。そんな島民が東京で迷子になって、アメリカ大使館に泣き込んだのかも知れない。

中村事務官は、

「船坂さんはいつごろ、その島に上陸しましたか」

と聞いた。

私の部隊が上陸したのは昭和十九年の四月下旬であった。四月六日、部隊を載せた船は横浜を出て館山に仮泊、七日にここを出港した。辛うじて敵潜を免れてパラオに着き、四月二十八日にアンガウル島に上陸した。

「船坂さんは、どこの部隊に所属していましたか」

またもや中村事務官の矢つぎ早の質問であった。

私の所属部隊は照集団、つまり歩兵第十四師団、俗に「パラオ守備隊」と呼ばれた。私の原隊は宇都宮第五十九連隊（連隊長・江口八郎大佐）の現役兵を主体とする部隊である。それまで関東軍の精強の名を誇っていた満洲斉々哈爾《チチハル》第二一九部隊で、斉々哈爾に司令部を置き、師団はノモンハン付近、アルシャン、ノンジャン、ハイラル一帯の国境警備に任じていた。南方作戦動員令がくだったのは三月一日であった。師団は三月十二日に旅順に集結し、十五日から二十五日まで猛烈な特殊訓練を受けた。

それはニューギニア戦線における逆上陸と水際攻撃の、実戦さながらの激しい演習であった。二十五日に大連着。この日から正式にわれわれは第三十一軍中部太平洋派遣軍司令官・小畑中将の統率下に入った。祖国の山河を素通りしてパラオ島に上陸したのだった。

今、アメリカ大使館の中村事務官は、私がパラオ諸島守備隊に所属していたかどうかを確認しようとしているらしい。

「暫くお待ち下さい」

送話器を机の上に置く固い音がして、ついで彼が席を立って行く足音が伝わってきた。

中村氏は次に確認すべき何を上司に伺いに行ったのだろうか。

私たちは上陸早々、敵のグラマン機編隊の来襲を受け、機銃掃射の洗礼にあった。友軍機の影は一度も見られない。上陸の翌日から敵の上陸地点と予想される東・南・西海岸の水際に、広範囲に障害物を築く作業が開始された。鉄条網を張り、その内側には石垣を組み、その更に内側には深い戦車壕を掘りめぐらしたのである。戦車壕の手前に、小隊、分隊ごとに陣地を二重三重に構えた。

平時なら工兵築城班、設営隊の担当すべき仕事だが、その余裕はない。守備隊員は土方作業に身を粉にして、しかも士気は軒昂たるものがあった。水際撃滅作戦の守備体制に、守備隊の誰もが効果を信じて疑わなかった。

宇都宮第十四師団は栃木、茨城、群馬、長野の壮丁の集団である。野州健児と称して、精強の軍隊であった。元第十四師団長、畑俊六の言を借りれば「栃木県人は無口

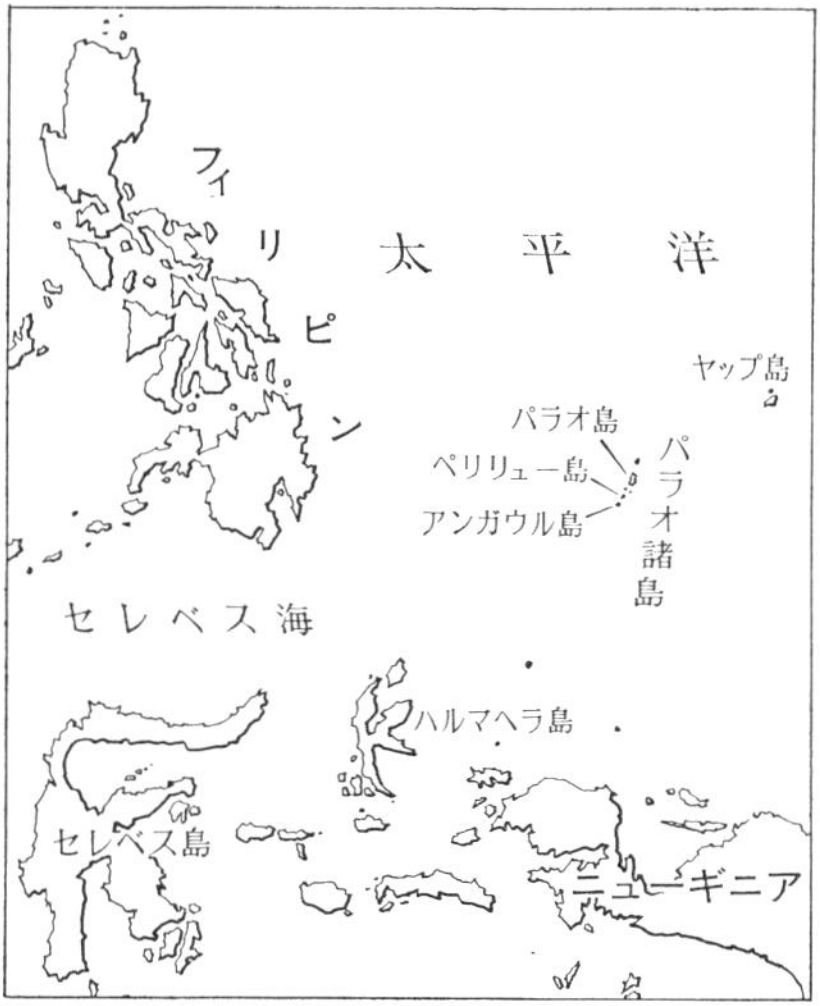

で粘り強く、群馬県人は国定忠治の負けん気があり、茨城県人は水戸っぽ根性で鼻息が荒い。長野県人は山育ちながら理窟っぽい」ということになろうか。総合すれば、粘り強い師団であった。

師団創設以来四十年。シベリア出兵、第一次上海事変、満洲事変、日華事変においてもこの師団の活躍は目ざましいものがあった。太平洋戦争においても「弓兵団」と名づけられてインパール作戦にたたかい、「基兵団」となってニューギニア作戦に参加し、或いはわれわれの「照集団」の中部太平洋方面での奮戦となってあらわれたのである。

アンガウル島を守備したのは、この師団のうちでも精鋭をもって鳴る五九連隊であり、私はその第一中隊に所属した。当時二十四歳。擲弾筒分隊長、軍曹として、中隊では随一の模範兵であったということが許されよう。

「お待たせしました。船坂さん、あなたはアンガウル島で重傷を負って、米軍の捕虜になりましたね」

ああ、私のひそかな恐れは的中した。だが、戦後二十年、その屈辱に悩んだ捕虜ということばを今ここに聞こうとは。私はアンガウル島で、生きて虜囚の辱しめを受けた捕虜だったのである。

戦後、太平洋戦史の教えるところでは、太平洋艦隊司令長官ニミッツ提督は、

「サイパン―昭和十九年六月十五日攻略開始。

パラオ―同九月十五日攻略開始」

という統合参謀本部の命令を受け取っている。

これに対して東條英機首相はかねてから、

「敵がサイパンに来たらこちらの思う壺だ」

と豪語し、陸海軍の首脳部も同様にサイパン戦必勝を奏上していたという。

だが、サイパンは米軍の予定通り六月十五日に上陸されて、七月七日に玉砕。以後、サイパンから西進する米国の蛙飛び作戦で、テニヤン島は七月二十四日に上陸されて、

七月三十日に玉砕。グアム島は七月二十一日に上陸されて八月十日玉砕。

こうしてペリリュー島は九月十五日に上陸されて十一月二十四日玉砕。アンガウル島は九月十七日に上陸され、のちの硫黄島以上の凄絶な戦闘を繰りひろげることになる。

マーク・A・ミッチャー中将の率いる米軍第三十八機動部隊がペリリュー島、アンガウル島の沖合に姿を現わしたのは、九月六日である。航空母艦約十一隻、戦艦二隻、巡洋艦十数隻、駆逐艦三十五隻という海を圧する大艦隊であった。

艦砲射撃の一斉斉射が始まり、空からはP38や艦載機の銃爆撃を浴びせた。私たちは蛸壺陣地にじっと潜んでいるより仕方がなかった。水際陣地はひとたまりもなく破壊されてしまった。

十四日午前一時頃に、米軍は舟艇約十隻に分乗して東海岸を偵察した。

島の形を変えるまで艦砲射撃と爆撃を繰りかえした快速空母群はフィリピンに向かって去った。入れかわって現われたウィリアム・H・P・ブランディ少将の率いる「アンガウル攻撃群」は戦艦一隻、巡洋艦四隻、駆逐艦四隻で、それまでに輪をかけた艦砲射撃を見舞った。

十二日、パラオ方面井上集団司令官はペリリュー島、アンガウル島両守備隊に対して、決死善戦の訓示を打電してきた。

十五日、敵のペリリュー島上陸を望見した後藤丑雄アンガウル守備隊長は、

「敵はペリリューにつづいて、十六日以後に必ずこの島に上陸して来るだろう」

と判断して、南北地帯の海岸拠点を整備し、反撃中隊を島の中央部に待機させた。

しかし米軍がどの海岸を主上陸地点にしているのか全く予測はつかなかった。

九月十七日、午前五時三十分、熾烈な艦砲射撃とともに米軍の上陸がはじまった。

後に知ったところでは、彼らは「山猫部隊《ワイルド・キャッツ》」の異名を持つ米陸軍第八十一歩兵師団で、ニューギニア、ハワイで特別上陸訓練を受けていた。

「主力はどの海岸に上陸して来るか」

連日の艦砲射撃と空爆で、われわれには状況を判断する監視哨もなくなっており、情報を迅速に伝えることは困難であった。島で唯一の通信機関だった有線はいたる所で切断されていた。

十七日未明、米軍の輸送船団が島の西方に上陸すると見せかけ、東北と東方から一挙に上陸を開始したのである。艦載機の爆撃と艦砲射撃によって断崖絶壁を平坦地に変え、輸送船約四十隻が接近し、水陸両用戦車を先頭に数十隻の上陸用舟艇が迫った。われわれは水際に着く敵の舟艇を射ち続けた。だが衆寡敵せず、陸続として上陸して

来る米軍に、夕刻までに海岸堡を奪われてしまった。

当初、敵の煙幕や砲煙で敵の数は分からなかったが、砲兵六個大隊、中型戦車一個大隊を含む約二万二千であった。これに対して日本軍守備隊は千二百。比率にして二十対一であった。

西北山地に無数にある鍾乳洞にこもって死守する――これがかねてからの最後の作戦であった。わずか一日の戦いで、われわれはこの最後の砦に立て籠ることになったのである。

それから約一ヵ月間洞窟戦と肉弾斬り込みがつづく。ラバウルの主将今村大将は、

「ペリリュー、アンガウル精神を見習え」

と全軍に布告し、当時天皇陛下も毎朝、

「ペリリューとアンガウルは如何なったか」

と御下問になったときく。

だが玉砕は時間の問題であった。

昨夜来私は米軍の本陣であるテント近くの叢に身をひそめていた。左脚を裂かれ、左腕に二発の弾丸を受け、全身二十カ所に破片を浴びていた。私はそのテントにアン

ガウル島全米軍の指揮官が集合していることを祈っていた。私の六発の手榴弾の炸裂によって、私もろとも一人残らず粉々にするのだ。右手に手榴弾の安全栓を抜いて握りしめ、左手に拳銃を持ち、身体には五発の手榴弾を吊り下げ、全力をしぼって立ちあがった。

目標は敵司令部。前方二十メートル！

司令部の後には日本兵の斬り込みに備えて壕が川のように構えられていた。壕と並行して重火器陣地があって、野砲、重迫撃砲、ロケット式連続噴射砲、山砲の外、重機、軽機が物々しくならび、いずれも洞窟陣地の日本軍に照準を合わせていた。米兵は背後から廻り込んだ私には背を向けていた。そのうちの一人が何気なくうしろを振り向いたのである。

自分では一挙に突っ込んで自爆しようとして、矢のように疾走しているつもりであったろうが、実際には全身傷だらけで、足を引いて辛うじてヨロヨロと走っていたのだ。

彼は私の肉弾自爆行為をとっさに感じたろう。

「ジャップ、ジャップ！

ジャップ！　カム　ヒヤー！」

右手に握りしめた手榴弾の信管を叩こうとした瞬間、私は左頸筋に真っ赤に焼けた太い錐を突っ込まれるような一撃を受けた。

左大腿部裂傷、左上膊部貫通銃創、左腕関節盲貫銃創、頭部打撲傷、左腹部盲貫銃創、右肩捻挫、右足脱臼、それに無数の火傷。それに新たな左頸部盲貫銃創で私は一たん戦死した。米軍軍医が私の微弱な心音を聞いて、

「九十九パーセントは無駄だろうが……」

と言って野戦病院に運んだ。手榴弾と拳銃を握りしめている五本の指を一本ずつ解きながら、

「これがハラキリだ。日本のサムライだけができる勇敢な死に方だ」

と語ったという。

元米軍兵であった現マサチューセッツ大学教授のロバート・E・テイラー氏からいただいた手紙に、

「あなたのあの時の勇敢な行動を私たちは忘れられません。あなたのような人がいるということは、日本人全体の誇りとして残ることです」

といういささか過剰な讃辞をいただいているが、当時のアンガウル島の全米軍兵は私の最期を語り合って「勇敢な兵士」という伝説をつくりあげたらしい。少なくとも

私の蛮勇に仰天したことは事実であろう。

私が意識を取り戻したのはあとで知ったが三日目である。米軍の野戦病院の病床に横たわっていることを知ったとき、私は愕然とし、狂ったように周囲の医療器具を叩き壊した。看護兵が驚いてM・Pを呼ぶと、彼らがつきつけた拳銃の銃口に身体を押しつけ、

「さあ殺せ、早く殺せ！」

と喚いた。本当に殺して貰いたかった。「生きて虜囚の辱しめを受けず」という戦陣訓の一条がある。虜囚となるよりは、真実、速やかに殺して貰いたかったのだ。

十名ばかりの米兵が応援に駆けつけ、私はたちまちベッドに縛りつけられてしまった。私は大声をあげて喚いたが、米兵たちは私を不思議な面持で眺めているだけであった。

喚き疲れて、私は気力も失せ、一つの考えに落ち入っていった。

米軍はなぜ私のような斬り込み兵を助け、手をつくして生きかえらせたのか？

私が微かに人間らしい気持を取り戻しつつあったとき、ハワイ出身らしい二世の通訳が二人入って来た。一人をチオジンといった。

流暢な日本語でいう。

「よくやったね。我々は日本人二世として君に感謝している。早く元気になって退院出来るよう祈っていますよ」

　不思議そうに、

「あなたは、殺せ、殺せ、と繰り返している。どうして生きようとしないのですか」

私は「それでも君たちは日本人の血を引いているのか」と怒鳴りたかった。

　翌日朝早くから、

「容態は如何ですか。昨夜は眠れましたか？」

チオジンは丁寧な口調で声をかけてから、質問を始めた。

私は一切答えなかった。彼等は私を福田軍曹という第一中隊第一小隊の分隊長と思いこんでいた。私の雑嚢のネームから守備隊編成表で調べたらしい。福田だというならそれもいい。私は黙っていた。

情報蒐集に協力しないのでは、翌日は銃殺されるだろうと心に決めていたが、そんな気配もなく傷の手当は続けられた。

　看護兵は私にチョコレートをくれたり、自分の妻子の写真を見せて、手真似で「早く故国へ帰りたい」といったりした。私には弱兵としか思われなかった。

ベッドに寝て味方の洞窟陣地を攻撃する米軍の砲声を聞いていると、今なお鍾乳洞で戦う戦友や重傷者たちに対する呵責の念に耐えられなかった。私は意識を取り戻してから三日目に、遂に意を決し、看護兵に、

「私の傷はもう治った。退院させてくれるか、銃殺にするかしてくれ」

と怒鳴った。看護兵はびっくりして将校を呼んで来た。弾を摘出した痕もなおっていないし、左腹部の傷口も開いたままだが、是非にというのなら退院させてあげようと将校はいう。

その日の午後、黒眼鏡をかけたM・Pに、〝レッツ ゴー、ハリー アップ〟と怒鳴られ、銃口をつきつけられて退院した。連れて行かれたところは情報将校室であった。そこにいたのはマキン、グアム、サイパンの捕虜千人以上を訊問して来たという経験豊富な情報将校たちであった。脅したりすかしたりして私に質問を浴びせかけた。私は肝腎なことには全く答えなかった。頸を射たれたとき頭が変になって、何も思い出せない、と頑張り続け、情報将校たちの焦ら立った声で、やっと外に出された。テントに収容されると間もなく二世がやってきて、翌朝別の島に送られることになったといい、ケーキや飲物を出し、

「頼むから守備隊の大隊本部の位置を教えてくれないか」

という。私は出鱈目の位置を教え、まだ守備隊は千人以上いると嘘をいった。その夜は心なしか照明弾の打ち上げが増え、緊張した空気が米軍陣地に漲った。私は久し振りに痛快であった。

私は翌日別の島に移された。

戦後私は二世通訳だったチオジンの訪問を受けた。彼はカリフォルニアに帰って前の金属会社に勤務していた。そのうちに、「船坂」という捕虜だった男が東京で立派に成功している、とか、戦友の慰霊のためパラオに出かけ、日米両軍の収骨をしている、とか、戦争の最中に助けられた米兵を探している、とか、そんな噂が加州まで伝わって来た。彼はそれを聞いて私を訪ねて来たのであった。

彼は私にアンガウル島の米軍将校で、今アメリカ大使館の代理大使になっているオスボーン氏の存在を教えた。普通ならとても会うことの出来ない高官である。幸いアメリカ大使館にいる私の親友の斡旋で、私は一夜オスボーン氏に会うことが出来た。氏は私を訊問した情報将校の一人であった。

私はこの文章の初めに、アメリカ大使館から電話と妻が告げたとき、一、二の知人を考えていたといったのは、その親友かオスボーン氏のことであった。

電話は中村という事務官からであった。そして中村事務官との電話はまだつづいている。

「中村さん、アメリカ大使館では、私の何を調べようとしているのですか？」

遂に私は堪えきれず、彼に聞き返した。彼は私の強い語調を感じたのであろう。

「船坂さん、突然昔のことをお訊ねして申し訳ありません。実はアメリカ本国よりの要請で、至急調査するようにとの依頼がありまして——。これは、大切な公用の電話なのです」

彼は私の逆問いの内側の意味も、職業柄すぐ察したのであろう。「公用であるから、慎重に、正確にお答え下さるように」と私は今、釘を一本さされた恰好となった。

「船坂さん、あなたは全身に幾箇所も、重傷を負いましたね」

「はい」

「その後、あなたはペリリュー島の捕虜収容所に移されましたね」

「はい、その通りです」

「最後に大切な質問があります。船坂さんは、福田と言う名前の捕虜で通していましたね。福田、という名前に間違いありませんか？」

「はい、私は福田と名乗っておりました」

私は私の捕虜時代のことは、米国の情報部以外は誰も知ってはいない、とばかり思い込んでいた。戦後米国の作製した捕虜名簿は、厚生省引揚援護局に返還されていると聞いていたが、私自身から直接に確かめようとしている点からしても、何か重大なことが起ころうとしている。

「では、何故福田と名乗りましたか？」

「はい。私が捕らえられた時、私の持っていた雑嚢に『福田』と書いてありましたので、それを見た米兵が私を、『福田』と決め込んで呼んでいましたので」

ここではじめて中村氏は格式をくずし、雑談を加えた。

「私も当時の戦記を読んだことがありますが、日本軍の捕虜の大部分は偽名を使っていたようですね。面白いことには、国定忠治とか、清水次郎長までいたそうですね……」

事実、中村氏が言われるように、伊達政宗、山田長政等武将もいれば、東郷平八郎、南雲忠一等の海将もおり、更に上原謙、東海林太郎等当時の俳優や歌手まで現われ出る始末であった。

戦陣訓が教えるままに、「われわれ捕虜は生きられない。何時かは殺される」と信じていた者ばかりであったから、捕虜という不名誉から本名を守るとともに、どうせあと短かい生命しか残されていないなら、せめて名前だけでも、とそれぞれ思うままの名前を頂戴していたのであった。

アメリカ人が、如何に人命を尊重したかを、死は鴻毛よりも軽ろしと教えられて来たわれわれ日本兵は、知る由もなかった。それでアメリカが如何に国際条約を守ったかを推測し得た日本兵は、ほとんどいなかった。

やがて中村事務官は、

「大変御多用のところ長々とお尋ねして申し訳ありません……」

こうして、その日突然にかかった訊問電話は終わった。

私は、ただ呆然としたままだった。中村事務官の言う「アメリカ本国からの要請にもとづく公用電話」なる言葉が、痛く耳の底に残されたまま、その日は暮れていった。

2 遥かな声

翌四月八日は、私の生涯のうち忘れることの出来ない日となった。この日が仏生会《ぶつしょうえ》の日に当たっているのも、機縁であった。

私はこれといった理由もなく眠れないでいた。で、読みかけていた全集の頁をめくりながら、私流の睡眠術に入ろうとした。それは別にむつかしいことではなく、少しうす暗くして本を読むのだ。すると次第に活字の一つが点になり、一行の全体が一本の黒い棒に見えてくる。と、もう私は眠りに落ち込んでいるのだ。

突然けたたましく電話のベルが鳴った。

私は受話器をとった。

「東京４２１―七八四一ですか?」

やっと寝ついたところを、急に目ざめさせられた私は、まだどこかで意識がもうろうとしていた。

「東京４２１―七八四一ですね……」

私の家の電話番号に間違いない。

「はい、そうです。船坂です」

「もしもし、国際電話です。アメリカからです。どうぞお話しください」

私のかすんでいた意識は、いっぺんにはっきりとした。「アメリカから――一体、誰からなのであろうか……」

次には不安がつのりはじめた。難しい英語で話されたらどうしよう。兎に角、私が受ける生まれてはじめての国際電話なのだ。

「ハロー、ハロー……」

受話器の声には、余韻が少なかった。やはり広い広い海を越えて、遠い彼方の国から送話されている、といったもののように聴きとれるのだった。だが、はっきりと聞こえる。

……ああ、私は何と返事すべきなのか……。

「ハロー、――アー　ユー　ミスター・フナサカ？……」

誰かが、太平洋の彼方から一心に、私の名前を呼んでいる。私を確認するために、それを繰り返している。

躊躇はしばしも許されない。私は度胸を決めた。

「イエス　アイ　アム　ヒロシ・フナサカ」

「英語」といえば、二十年前戦場で私が覚えまいとしても覚えなければならなかった言葉なのだ。捕虜になった時は、憎むべき敵国の言葉など、たとえ殺されても、覚えまい、使ってなるものかと固く心に誓ったものだった。日本軍人が敵国の言葉を口にするなど、許されぬことと信じていた一般の風潮であった。

が、私のその時の固い決心にもかかわらず、必要からいくらか英語を知った。

それにしても私はあれ以来、もう二十年もの間、英語を用いる機会に逢わないできた。戦後パラオに行ったときも通訳がいた。が、今この瞬間、私はまぎれもなく英語で答えなければならないはめに立たされている。当時覚えた言葉を、今思い出し、かき集めたとしても、果たして間に合うかどうか——。私には自信はなく、全く大変なことになった。

だが電話の相手が誰なのか、そして用件は何なのか、それを確かめるためには、思い切った決意を必要とする時を、私は今いや応なしに迎えてしまっていたのである。

「ハロー、ホワット ユア ネイム?」

私にしてみれば、大胆な質問に出てしまった。

私のピジョン・イングリッシュに驚いたのであろうか、アメリカ側の交換手らしい彼女は、

「ジャスト ミニッツ プリーズ!」

と言い、誰かと交替するような気配であった。

その僅かな間、私はアメリカと東京の間でこんなにもはっきりと話が出来ることに、何だか夢のような思いがしてならなかった。

寝室の時計は午前一時だった。私は地球儀を思い浮かべた。アメリカは日本の反対側にある。アメリカは昼であろう。

「ハロー、コンニチワ、
アナタハ、グンソーデスカ?

ワタクシノコエ、ワカリマスカ……」

意外だった。私はあれ程恐れていたが、相手から流れてきた言葉は英語ではなかった。

その片ことの日本語が、私にはもう言葉としてでなく、天からの目に見えない彼方

より届いた声としか思われなかった。

……グレンショー……！

私のある感情が、堰を切り、激情の波の上に私は辛うじて立っていた。

その声こそ、終戦後の二十年間「どうしても探し出さなければならないのです」と日々神に祈り続けてきたフォレスト・ヴァーノン・グレンショー氏の声だったのである。

「グレンショーさん、お元気ですか！　随分あなたを探しましたよ。でも、こうしてとうとうお逢い出来てうれしい！」

私が彼に送った第一声は、これであった。

すると彼は、

「その通り、その声が、あなたの声です。よく覚えています。やはりあなたはグンソーです。私の知っているグンソーは、あなたなのです」

彼は、彼で私に再会したことを夢中になってよろこんでいた。

二人は、こうして話を交じえただけで、もう逢えたのだ、とさえ信じていた。彼は、私が彼に対してグレンショーと呼びかけたことに、

「グレンショーでなくて、クレンショーです。GではなくCですよ」

と電話の中で訂正した。

これを聞いて、私はこの二十年間、CとGを間違えるというミスをおかし、このためにどれ程沢山のアメリカ人に迷惑を及ぼしてきていたかという事実をはじめて知ったのだった。スペルがたった一つ違っただけで、思いもよらない別人に、それも無数の別人に私の探索の手紙は迷い、走っていってしまっただろうから——。

私は、戦後の二十年間というもの、ずっと続けて一人の米国人を探し求めてきた。その人は、私の命の恩人であった。その大切な人の名前を、私はどうしたことか、間違えて覚え込んでしまったのだ。その人の名前は、けっして忘れはしないつもりであったのだけれども、当時の複雑だった捕虜生活の中で、彼が一枚のメモに書き記してくれた「CRENSHAW」のCを、いつの間にか私は誤ってGと覚え込んでいた。長い間、彼を探すことが出来なかったのは、私が間違って覚え込んでいたためであった。

私が彼に最初に出会ったのは、ペリリュー戦場であった。

僅か一個大隊のアンガウル守備隊は、敵将ミューラーの率いる数において二十倍の山猫師団に上陸され、死闘一ヵ月、遂に十月十八日全員総攻撃を敢行することとなった。

「動ける者は全て集合せよ。最後の斬り込みを行なう」

悲壮な後藤大隊長の命令であった。

重軽傷者を含む、僅か百名の、すでに武器の類いは皆無に近い集団は、火をはく敵陣へ全員斬り込んでいった。

我が軍の戦死千二百五十名。これに対して、米軍の戦傷者千六百十九名。戦闘不能に陥った者を含めると二千五百十九名（米軍発表）にのぼった。米軍にとって「アンガウル戦闘は、高価な戦い」と呼ばれた。

情報将校の訊問を拒んで、十月下旬、私が連行された島は、アンガウル島の北方十キロの海上に浮かぶペリリュー島であった。思えば不思議である。満洲からパラオに到着した直後、十四師団の中でも最古参であり、葉隠の猛者を誇る江口連隊長は、「我が宇都宮五十九連隊こそ、東洋一の飛行場のある要衝、ペリリュー島を守備すべきである」と井上師団長に主張したが、遂にその願いは叶えられぬまま、僚軍水戸二連隊にその守備を託した島なのである。

海上から見るこの島は、高さ八十メートルの中央高地を中心に、南北に細長くのび〝カニのハサミ〟に似た形をしている。

島に近づくにつれ、私は新たな悲痛感が、こみあげてくるのを押さえきれなかった。

同師団の水戸二連隊が、われわれア島守備隊と前後して、同じ敵を迎えて戦った。初日、米軍海兵第一連隊を全滅させたという。死の島の激闘を物語るオレンジ海岸には、強烈な太陽のもとに米軍の上陸用舟艇や無数の戦車の残骸が残されていた。港に近づくにつれ、遥か大山高地周辺から激しい砲声が聞こえてきた。驚いたことに、二連隊の残った戦友たちがまだ頑強に、抗戦を続けているのであった。

ここペリリュー島には、中川大佐の率いる水戸歩兵一個連隊を基幹とする千明大隊、引野大隊、海軍部隊と、米国が攻撃をはじめた直後パラオから逆上陸した飯田大隊を併せて、一万一千名が守備に当たっていたのである。

島は南北に九・六キロ、東西の幅はもっとも広い部分で三・二キロという小島である。南部に飛行場があり、北端から三キロにわたって密林に覆われた低い台地が走っている。北から水戸山、大山、中山、天山、富山と名づけ、米軍は「血みどろの鼻高地」と呼んでいた。

中川連隊長は村井少将と共に、大山戦闘司令部にあった。天皇陛下から六度目の御嘉賞を受け、感激し勇戦死守を誓い、士気旺盛であった。

だが、既に戦闘継続四十日目、守備隊の残存者は重傷者を含めて、約七百名が最後の拠点にたてこもって死闘をくり返していたのである。

収容所とは名ばかりの、金網を無数に張りめぐらせた囲いの捕虜収容所は、アシヤス波止場の南、飛行場の東南に位置していた。ここは、つい二カ月前まではうっそうとしたジャングルであったろう。それが爆撃と、艦砲と、地上砲火の交錯に、地表の全てのものが吹き飛んでしまった。

米軍は、この島の日本軍のすさまじい闘魂にあきれはてた。全員玉砕するであろう、捕虜などは出ようはずはないと予想していた。

ところがこの島には軍属として、日本軍に雇用されていた設営隊がいたが、その大部分は韓国人であった。島の高地のふもとや、山腹に五百もの洞窟を構築していたが、戦闘が激化するにつれ、それらの三百名もが降伏してきたのであった。

驚いた米軍は、急遽ここをブルドーザーで均らした。島特有の固いリーフの地盤がむき出た広場が、にわかに作り出された。有刺鉄線を張り巡らし、一方には厳重なゲートを構えた。大きな囲いの中央に、くたびれた穴だらけの黒ずんだ三角錐のテントが三つ並んでいた。これが収容所であった。テントの穴は、日本軍が立てこもる高地から射ちおろされた銃弾のあとであった。

私はゲートをくぐりながら、

……脱走できる処はないだろうか……。

と、あたりをキョロキョロ見廻した。M・Pが、

「レッツ ゴー、ハリー アップ！」

と、怒鳴った。

敵は何故このようなところに、収容所を作ったのであろう。おそらく捕虜の脱走や、日本兵の逆襲を未然に防ぐため、南は飛行場で見通しがきく、西と北は高地で、東は海に囲まれた場所を選んだのだろう。米軍の飛行場、そこはかつて、日本海軍の西カロリン方面航空隊、ペリリュー本隊、大谷大佐の指揮下にあった飛行場であった。だが、今は米軍のＢ29や、ダグラス輸送機の巨体が処せましとばかり並んでいた。

私は、高地の友軍の銃声を耳にしたとき、〝申し訳ない〟気持を抱いていたので、この飛行場を眺めた瞬間、

「よし、いまに見ろ！　あの飛行機を一機残らず破壊してやるぞ！」と心の底で、固く誓っていた。

収容所では、韓国人の軍夫と軍属を含めて、約五十人の捕虜が空ろな眼差で私を迎えた。日本人の捕虜は私一人であろうと信じていたのが、ここでくつがえされた。み

んな、自己の運命の急転と、米軍の装備力に駭いて錯乱しているような表情である。私がテントに足を踏み入れると、びっくりした声をあげながら近づいて来た。私はまだ斬り込んだ際の血痕のしみた軍衣を着せられていた。彼等から見れば凄まじいものであったろう。

一時間もたたないうちに、彼等が言い出した。

「われわれの隊長になってください」

「われわれは米兵に馬鹿にされています。捕虜でも隊長は必要なのです」

意外であった。私は、

「私は重傷を負っている。君たちと立場が違うのだ！　軍人である私は、今夜にでも銃殺される！　隊長にはとうていなれない」

と、必死で断わった。

すると、韓国人の代表者らしい李《リー》さんが、

「私たちは人間として、あつかわれていません……」

彼は涙をたたえながら哀願した。私はすっかり同情してしまった。

「よし、わかった。いずれは銃殺されるでしょう。だがそれまで、隊長というのではなく、君たちの代表になってやろう」

私は不本意ながら一応代表ということになった。

私は一つ考えにとりつかれていた。銃殺される前に、米軍に一泡吹かせてやらねば私の気持がおさまらない。とてつもなく、でっかいことを狙ってやろう……何処かに隙はないか……。

或る日、

「ハロー、グンソーフクダ……。アナタハ、イサマシイ人デスネ……」

一人のノッポの米兵が、明るく朗らかな日本語で呼びかけつつ、私に近づいてきたのである。

米国海兵隊の制服の腕には、山形のモールが一本つけられていた。マリンの伍長である。年頃は私と同じ二十四、五歳位であろうか。青い瞳は、美しく澄んでいたが、しっかりした人間であることが眼光に現われていた。私は、こいつはくせものだ——〝君子危きに近よらず〟で行こうと思った。

「私は、この捕虜収容所の監督官と通訳を兼ねた者です。名前はクレンショー伍長です」

自己紹介を終えると、彼は私の倍もある大きな手を出して、私に握手を求めた。

彼は反抗する私の顔色を見て、こう言った。

「握手は、米国人の礼儀です。……」

韓国人の手前もあった。礼儀という彼の言葉に私は、彼の差し出した手には目もくれず、日本軍人の挙手の礼を、正しく素早く彼に送った。

青い目をパチクリさせた彼は、私に差し出した大きな手を、そのまま彼の額の横にふりあげて、米国軍人としての挙手の敬礼をした。

やがて、

「アンガウル島での、アナタの勇ましい斬り込みの報告書を見ました。アナタは立派な軍人です」

と、律義者らしく不動の姿勢のまま言った。

これがクレンショー氏と私との初対面であった。

彼は挨拶が終わると、すぐゲートの外に引き揚げていった。私は警戒の気持をゆるめなかった。

やがて、再び私の前に姿を現わした彼は、彼の私物であるという、真新しいシャツと、他に米兵が使ったらしい戦闘服とズボンを、かかえてきた。私の裸同然の姿を見かねた彼の、咄嗟の厚意であったのだ。私は〝よけいな事をしやがる〟と、あくまでその厚意を、厚意として受けとることが出来なかった。だが、そばの韓国人が〝かつてない珍らしい事だ〟という。クレンショーは大分グンソーに気を使っているというのを聞くと、〝そうか？　彼は真実私に対して厚意をもっているのであろうか？〟心に動くものを感じた。

……だが、これが逆の立場であったらどうだろう。私だって裸同然の米人捕虜を見れば、もっとましなものを、捕虜に与えたであろう……。私は彼の厚意は至極当然なものであると想おうとした。その日は暮れていった。

さきにちょっと触れた、彼が自分の名前を書いてくれたメモのことである。

昭和二十年の二月上旬頃だったろうか……、いや下旬だったろうか。二月といえば、硫黄島の戦いが、火ぶたを切った頃である。

私はペリリュー島から更に別の島に移されることになった。

日本軍捕虜の一団は、大型上陸用舟艇に乗せられて、これから何処へ連れて行かれるのか、又どうされるのかもわからないまま、ペリリュー島の岸辺を離れようとしていた。

その時、クレンショー伍長は、私に近付き、

「グンソー、死ぬのではないぞ‼　必ず生きて日本に帰るのだよ！　私は、グンソーが無事に日本に帰れるよう祈っています……」

そう言って、一枚のメモを私に手渡してくれた。それには、彼の名前が書きとめられていた。クレンショーは更に、

「私たちは、近々日本に上陸することは確かです。グンソー、その時は日本でまた逢いましょう。私の名前を覚えていて下さい」

と真心をこめて言った。

彼は私の手を固く握った。私も思わず固く握りかえした。その時の私には、初対面の時とは違って、微塵の敵意もなかった。

「グッド・バーイ――」

「さようなら――」

これが、ペリリュー島の海岸での、二人の別れであった。船べりに立って彼に手を振ると、彼は帽子をぬいで大きくふっていた。彼はいつまでも、波止場を去らなかった。

その頃彼は、他の島の攻撃に移動するらしい、あわただしい気配を見せていた。一方私は、他の島へ移送されて、そこでいよいよ死刑を宣告される、そのための船出と

しか考えられない。

戦場における敵味方、しかも私は捕らわれの身であり、寸時も心の安まる時はない。ましてや相手の心を思いやる気持のゆとりなど、持ちうるわけもなかった。今でこそ、あの時何故、

「クレンショーさん、日本に帰ったらきっとあなたに手紙を出しますから、あなたの住所を教えて下さい」

と言わなかったのだろう、などと繰り言もしてみるのだが。

そして結局その心の行き違いが、後でクレンショー氏を探すのに、予想外の年月がかかり、多数のアメリカ人に迷惑を及ぼすことになったのである。

船が出てから、私は彼が渡してくれたメモをみた。それには、はっきりと彼の名前が記されていたのであった。多分、

「F. V. CRENSHAW」

と。船艇の薄暗い船底で、私たち捕虜は、やぶれかぶれのうつろな心を抱いて、身を波間行く船に任せていた。私もその中の一人として、なすこともなく、沢山の時間を持て余していた。クレンショー伍長がくれた紙切れは、ポケットに突っ込んだまま、取り出して見ようとも、彼の名前を覚えようという気持を起こそうともしなかった。

その時私は、一瞥したままにクレンショーの頭文字のCを、Gと錯覚して記憶してしまったのであろうか。だが、そのメモが次に行った収容所のM・Pに没収されなかったとしたら、何時だって紙切れをポケットから出して見ることもでき、間違って記憶することもなかったであろうに――。

しかし私はのちにこれを一つの僥倖として見る考えに到達したのであった。戦後の長い年月を、ただ彼を探し出したい、探し出さずにはおかないという「信」の持続を、誤った記憶の結果として持ち続けることが出来たからである。

昭和二十年八月十五日、戦争は終わった。私は捕虜としてではなく、一復員軍人として、はるばるアメリカの収容所から、日本に帰ることが出来た。敗戦による窮乏の中に投げ出されて、戦後の苦しい生活の日々は続いた。私は夢中で働いた。その多忙な日々、祈ることなど一かけらもない、殺伐とした私であった。

けれども、次第に食足りて、衣服もどうにか着られるようになった昭和二十二年頃になると、私は自分の心の中に、クレンショーに対する感謝と感激のおもいが静かに沸きはじめているのに気付いた。

3
尋ねびと

昭和二十三年の春、桜の花の咲く頃であった。私はクレンショーを探し出す決意をした。私は朝夕神棚に向かって、

「どうぞ、彼が探し出せますように……」

と祈りはじめた。

「そうだ、憶い出した！　私が戦場で、クレンショーに、何時か日本の桜の花を見せたい、と思ったことのあったのを……。そうだ、そうだ、是非彼に本当の日本の桜を見せてあげたい！　なんとか、サクラの花が散らない中に、彼を探し出すことが出来たらなあ……」

そう希った私は、子供が玩具の機関銃をダ、ダ、ダ、ダ……と一気に連発するよう

に、急に勇み立って、アメリカの国防省、外務省、その他の役所に、クレンショーの住所と消息を尋ねる手紙を書き送り始めた。

だが、それは簡単に判ることではなかった。何しろ広大なアメリカ全土に棲む、二億の中のたった一人の人の、それも住所も解らず、かつその名前さえ不確実なものであったのだから。

どこへ出した手紙も、

「尋ね人見当たらず」

返事は決まったようにこれであった。

だが、私は絶対に諦めなかった。

「いつか必ず、私の真心の通じる時が来る。あの戦場で、半ば死んでいる私を野戦病院まで運んでいってくれ、手厚い看護までして、私を救ってくれた米人がいたではないか。その時私が甦ったのは、恩人にめぐり逢うためだ――」

私は絶対に彼を探し出す、必ずと、自分の心に言い聞かせるのだった。

だが、依然、

「グレンショー氏は不明」

アメリカの尋ね先からは、いつもこの返事ばかりきた。

私は、昭和二十三年から四十年まで、十七年の間、ずっと続けて二カ月おきに、アメリカの各役所に宛てて、またアメリカの知り合いの人々に、兎に角あらゆる方面に、クレンショーの消息を訊ねたのである。

とうとう、四十年二月十八日に、私は第百十通目の手紙を書いた。次の手紙がそれである。

アメリカ合衆国陸戦隊司令部殿

私は船坂と云う日本人です。

第二次世界大戦中私は福田と呼ぶ日本陸軍の一下士官でした。私の部隊は南海の孤島の激戦地であったPelelui島付近にある小島で米国陸軍と奮戦し玉砕したAngaul島を守備して居た者であります。昭和二十年頃、私は斬り込みの途中重傷を負いP.O.W.になりました。

アメリカ軍の、敵である我々日本軍に対して示した好意、就中人命尊重に対する貴軍のヒューマニズム的行為には驚かされました。当時小官に対し特に親切であった貴軍の一紳士に対し御礼を申し上げようと存じ、終戦直後より二十一年間捜し続け、本書状を以て丁度壱百十通目に当たります。いまだその目的は達成されて居りませんが、これからも希望を以て氏の住所を捜そうとして居る者であります。二十年以前の記憶で漠然として居りますが、彼の階級は当時伍長で、髪の毛は褐色、目は窪んでいてブルー、少し猫背であるが、背が高く日本語式発音でGrenshaw グレンシャーではないかと記憶して居ります。軍務御多用の折、誠に恐縮乍ら是非共氏の住所氏名を御調査被下度願上げます。　敬具

昭和四十年二月十八日

東京都渋谷区神宮一ノ四
株式会社 大盛堂書店
社長　舩　坂　弘

その手紙には、一枚の私の写真と、新しく作った名刺を添えた。

が、やはり私の探し求める人は見つからなかった。アメリカ海軍省からの返事には、陸戦隊の名簿に、グレンシャーなる者はいないというのであった。

けれども、私はまだ諦めなかった。もう次の手紙を出す準備にとりかかっていた。

そのころ、思いもかけぬ幸運が、海の向こうで起こった。その百十通目の手紙が、

米軍の有難い厚意によって、英訳されてネイヴィ・タイムスの四月七日号に載ったのである。ネイヴィ・タイムスは全米はもとより、海外の海軍基地にまで配布される新聞であるという。

会ったあと連れだって海兵隊本部を訪問したクレンショー(左)、ルーター曹長。

ダラス市にある、米軍第十四海兵隊第二大隊に所属するルーター曹長は、大戦に歴戦した勇士であった。その日、ネイヴィ・タイムスを手にした彼は、「ペリリュー島」という見出しの文字に、強く視線を奪われた。それもその筈、彼はその島で、日本軍と戦ったからである。

そのニュースを読んだルーター曹長は、すっかり驚いてしまった。彼の記憶の中に、福田軍曹の面影が生きていた。

彼はクレンショーの戦友であった。また、クレンショーと私のことも記憶の中にたたみこまれていたという。

ルーター曹長は、「日本人フクダ」「日本陸軍軍曹」そして「グレンショー伍長」と、この三つをつなぎ合わせてみた。ただ一つ合わないのはグレンショーの頭文字のGだが、これがもしGではなくて、Cならば――？

これは間違いなく、あのクレンショー氏である筈だ！　しかも、当のクレンショー氏は、同じダラスに住んでいる！

彼は突然つながった推理と、事件の身近さに仰天してしまい、息をするのを忘れた程だった。そして、物にはじき返されたような勢いで、すぐさま住所録を調べた。

「テキサス州ダラス・オクラハマ・エキスプレス、フォレスト・ヴァーノン・クレンショー氏」

ルーター氏はもうクレンショー氏の電話のナンバーを廻しはじめていた（私への第一信に同封されたクレンショーのネイヴィ・タイムス宛礼状の写しには、彼はこの日、このことについてルーター氏と会った、と言っている）。

クレンショーは、やはり日々祈っていたと言う。「日本人グンソーが、無事日本に帰って、元気に生きていますように……」と。そんな常日頃の彼であったから、突然ルーター曹長から、グンソーの消息を電話で知らされた時の喜びは、測り知れないものがあったと言う。

だが、クレンショーは喜びに浸りながらも或る不審を抱き始めていた。

「私が幾歳月、古い戦場の友の幸を神に祈り続けて、やっと今、あの時の思い出のグンソーのニュースを知った。彼はきっと、あの時のグンソーであろう。だが何故彼は、あの時フクダと言い、今はフナサカと名乗っているのだろうか?……」

真実に対して慎重であった彼は、フクダとフナサカの関係を、是非共調査する必要を感じて、その調査をその筋に依頼したのであった。それは当然の態度であったと思う。あのアメリカ大使館からの電話は、実はこのクレンショーが、私があの時の捕虜であるかどうかを確認したいというものであった。


その夜、通じあったクレンショーとの、感激にむせ返った電話は、またたく中に五分を経過していった。国際電話で五分は長いが、二人は喜びのあまり、夢のように話を交している中に、時の経つのも忘れてしまっていたのだった。

「生きていてよかった。

さようなら――」

やがて、彼はやさしく、しみじみとこの言葉を私にいって、電話を切った。

遂に恩人にめぐり逢えたうれしさと感激で、私はもう眠ることが出来なかった。間もなく四月九日の朝が来た。気配でこのことを知った家族達も、その後みないつまでも眠れなかったという。

翌日の四月十日、私はクレンショーに一回目の航空便を書いた。一九四五年に彼と別れて以来、実に二十年目である。二十年振りに書く手紙に私はとまどった。第一に言葉だが、当然先方の母国語の英語で書かなければならないだろう。だが、私には英文の手紙など、到底書けなかった。それにもかかわらず、私の止み難い気持は、何としても自分の手で、自分の率直な心情を彼に表明せずにはいられないのである。

「そうだ！　彼は日本語の通訳官であったのだ！」

ローマ字綴りの手紙なら、彼には判読できる。

「ワタシワゲンキデス。ワタシノカゾクモ、ゲンキデス。ミンナシアワセデス……」

と昨夜の電話で語りかけてきた言葉を思い出しながら、私はペンをとった。

「手紙の最初に「私が現在こうして生きていること、幸福であること、そして平和を尊いものとして愛していること」を書いた。私がこれらの事実をはっきりと認識していることを、手紙の受けとり主にまず冒頭に記したのであった。この言葉は何れも、あの戦争の最中、彼より諄々と説かれた言葉であったのである。

「生きているのです。幸せになるのです。平和を、神を愛しなさい……」

私は二十年後の今、彼の言葉通りに生きている。何と言うこの証し！　私は彼の言葉を、全く無意識の裡に、というより自然に胸中より涌き出るように、手紙のはじめに書き出した。私にとって何時の間にか彼への同一化という変革が生じていたのだろう。彼のあの日の戦場における言葉は、二十年間、徐々に私を潤していたのであった。

あの一兵士であった頃、〝生きよう〟などと思う心は、はじめから押さえられていた。私たち兵卒は、唯〝死〟のみを考えていた。あの頃の日々を憶うにつけ、二十年を流れ経た今の、より人間的な次元に目醒めて生きる自分の人生が、何か奇蹟に思われてくるのだった。

私が手紙に書きたい第二のことは、彼を生命の恩人として、感謝しているということであった。

「私が、あの時クレンショーさんに出逢ったから……私は、今生きている」という事実を、この限りない感激を、「ありがとうございます」という言葉で、繰り返し書きたかった。

便りの末尾には、日頃から思い続けてきた私の希望を率直につけ加えた。「日本に是非来て下さい。旅費は用意しました。そして、私の生まれ変わった幸せな人生を見て下さい。私が今、貴男にしてあげられることは、日本に招待することしかありません……」と書き、私の写真を同封した。

四月十三日、七日付の彼からの第一信が私の手元に届いた。驚いたことに、彼の日本語は二十年前より長足の上達をしめしていた。そして、全文にみなぎる彼の美しい心が、私をいつまでも感激させたのである。

この手紙には、私の尋ね人の手紙を載せてくれたネイヴィ・タイムスに宛てて彼が出した、四月七日付の礼状の写しを同封している。

彼はこの礼状の中で、自分は米海兵隊の中尉であったと言い、この位は船坂の言うペリリュー島で受けたと言っている。彼が伍長で退役したものとばかり思っていたので、私の驚きは大きかった。やはり彼の実力は私の信じていたとおりであった。

ルーズリーフ四枚にわたっているこの手紙は、私への電話の前に書かれたようだ。

彼の中には、ありがたいことに〝軍曹〟が生きていた。

「陸戦隊にいる友人が海軍新聞を読んだところ、貴方が手紙で、ペリリュー島にいたクレンショー伍長を探していた。私がそのクレンショー伍長である」

すでに電話で彼の声を聞いていたが、また新しい感動が起こった。

「二十年前の戦争の間、私の日本人の友が毎日、米国の将校である私と語り合った。日本語はむつかしかったが、私は勉強して友となろうと思った」

「二十年後の今、私は貴方の尊い手紙を読んだ。……もし貴方が私と同様の境遇にいたとすれば、きっと親切にふるまっただろう」

それは、私には思いもよらない彼の精神の展開であった。

三枚目、四枚目は写すこととする。

「(私ノカードハ）封入シテアリマス。貴方ノ本屋ノ繁栄ノ爲ニ私ハ祈リシマス。今後ニハ戰争アリマセン（ヨウ）亦祈リシテ居リマス。

何卒私ニ手紙オ書（イ）テ下サイ。（英語デ——私ノ日本語ハオソロシイデス！）」

以下はローマ字で書かれている。

「英語で——（ローマ字）

この地図はペリリューでです。どうぞ、貴方の手紙と一緒にわたくしに書いて下さい。わたくしの思い出で《は》、アンガウルしまに貴方は傷つきました。その時には、日本人の勇敢、わたくしに驚くべき（もので）お《あ》りました」

フランキーとジョニーと呼ばれていた二人の朝鮮人がいたが、お前は覚えているか、

といい、

軍曹フフクダ：—

今日ハ電話デ私ノ友ト共ニ

話シテ居マシタ。友ハ今

米国ノ陸戦隊ニ居《オリ》マス.

友ハ海軍新聞紙デ讀シタ。

海軍新聞紙ニハ貴方ノ

手紙デペリル島居マシタ。

手紙ハ貴方ハ伍長クレンシア《CRENSHAW》

ノ爲ニ見リマス。

私ハ其ノ伍長CRENSHAW

居《ア》リマス。

二十年前ニ，戦争間ハ私ノ

日本人友デ毎日米国ノ将校ニ

話マシタ。日本語ハ困難
居《アリマス》ケレドモ ——モシ私教ヘラレ
勉強シ友私ナリマ——
ト思シタ。

今，二十年其後ニ，私ハ
貴方ノ手紙ヲ讀マス。
貴方ノ情深言葉ハ私ハ
感謝居リマス。モシ貴方ハ
私ニ同ナ境遇偶然ニナラバ，
貴方ハ親切ニ言マシオ。

戦争後ニ，私ハテクサス《TEXAS》ニ
歸リマシタ。私ノカードハ

「戦争のあとで、わたくしが《（は）》日本に行きませんでした。戦争のあとで（は）、アメリカ二世人は上手に日本語が出来ました（から）。そうしてわたくしはうちに帰りました」

次の結びは決定的に私を打った。

Watakushi no inochi no hon no peeji wa anata ga hirakimashita. ARIGATO GOZAIMASU!

「わたくしの命の本の頁は貴方がひらきました。ありがとうございます！」

「貴方ノ友――」と日本字に戻って以下英字で署名と住所が書かれている。

ついで四月十七日付の手紙が来た。

「軍曹様（私ノ友）

今日ハ西暦一千九百六十五年四月十七日デス。土曜日ノ夜デス。私ノ息子（十五年）科學級ト共ニヒューストン市ニ居リマス。女子ハ大學ニ居リマス。其故ウチニハ私ト妻ダケガ居リマス。サビシイデス！」

昨日の朝私の手紙が着き、私の写真を見た彼は昔と変わりないと言って来た。しかし実際には当時の二十四歳の青年の面影を失っている私である。彼も私と同じ壮年である筈だ。たしか、私より二つ年上であった。

「手紙ニハタクサンノ言葉デ貴方ガ私ニ〝有難（ウ）〟（ヲ）書キマシタ。コノ思考ハ相互ノモノデス」

と言うのである。

私の方に感謝しなければならないすべてがあるのに、彼は〝有難う〟はお互い様だと言うのである。この言葉の中にこそ、彼でなくては言えない、偉大な彼の心がある。

彼は手紙の終わりの方で、私が日本を訪問するように招いたことに礼を述べ、「私ハ金持ノ米國人デアリマセンノデ今ハデキマセン」と言っている。そして手紙が短いことを詫びている。文頭にも、日本語がよく思い出せなくて、沢山の間違いのあることを詫びている。終始謙虚さに満ちている。

彼はこの手紙のなかで言う。

「我等ノ會話ヨク思出シマス」

その我等の会話とは、一九四四年のことであった。

4 有刺鉄線

あの奇妙な挙手の礼をかわした翌日、私は一通訳としてのクレンショーと話をしたのであった。最初私は彼を情報蒐集の諜報員かと錯覚した。通訳がやってきたというので、私はてっきりアンガウル島での偽情報が知れて、怒った米軍の詰問と取り調べだろうと思ったのである。

だが、クレンショーの質問はそんなことには全然、触れてこなかった。私が単身斬り込んだことが、珍しいのか、面白いのか、その時の心境ばかり訊く。

「斬リ込ミヲシテ、楽シト思イマシタカ？　嬉シカッタデスカ？……ナゼ狂人ノヨウナコトヲスルノデスカ？」

彼の日本語は、海兵隊入隊後の六ヵ月間という短期間に習得したものだから、なか

なか通じ合わない。私の返答も理解しにくいらしく、挙句の果ては、

「アナタハ、天皇ノ親戚ナノデスカ?……トージョー(東條英機)ト特別ナ関係ガアルノデスカ? 先祖ニハラキリヲシタ人ガイマシタカ?」

と真剣にたずねてくる。これには私も困った。日本軍人として、私が行動した斬り込みの心理をどう説明して良いか分らない。私は「花は桜木、人は武士」という日本古来の言葉を説明し、桜花にまつわるいさぎよい話を幾つか話してやり、

「日本の武士道の神髄は、大義に死ぬことである」

と、その頃の私の信念をそのままに教えた。

当時のクレンショーは、私より二つ上の二十六歳、体重は二十五貫、背丈は六尺ゆたか。仲間の海兵隊員からは「実直男」といわれるほど律義で、しかも頭脳明晰な伍長であった。のちにペ島で軍務を終えて昭和二十一年に退役するときは、中尉に昇進したほどの男である。他の米兵の姿を見ると、ふるえるほどの怒りを感じる私であったが、このクレンショーだけは、何故か憎めなくなっていた。

クレンショーは部厚い日本語辞典を、盛んにめくっていたが、結局、私の言わんとするところは解らなかったらしい。青い目を輝かせながら一心にノートをとっていた。

そして、

「アナタ、勇マシイコトニハ敬意ヲ表シマス。シカシ、アマリニ狂気ジミテイル」と何度も呟いた。

彼は、奇妙な初対面を契機として、私たち二人の奇妙な関係が始まりつつあった。

「私は人を殺すことが嫌いです。だから、自分から希望して通訳という非戦闘員となったのです」

と言っていた。これは〝斬り込み兵〟の私とは、まったく逆の生き方であると言ってよかった。互いに理解し難い人間であることが、私たちを近づけたのかも知れなかった。私は、彼と顔を合わせる度に、「武士道」や、「大和魂」について説明するようになった。

彼は、酒も煙草ものまない、真面目な青年であり、また熱心なクリスチャンであった。

現在、考えてみると私は、クレンショーに何度も命を助けられたのであった。収容所に入って三日目に監視兵を襲撃しようとして、クレンショーに阻止された私だった。もし実行していたら、身体は弾丸で蜂の巣になってしまっていた。

収容所の天幕から望む飛行場では、一日に五十機から百機のボーイングB29機、ダグラス輸送機が離着陸していた。パラオ本島周辺や、比島爆撃に出動しているのであろう。私はその光景を目にすると、無念さがこみあげてきて、機会を見てぺ島の飛行場を火の海にしてやろうと決心した。それが私の「最期の死に花」であると考え〝飛行場炎上計画〟を練りはじめていた。収容所の歩哨は、日本軍に比べるとひどく暢気であるように見えた。計画を遂行するにあたって、注意し警戒するとすれば、それは外ならぬクレンショーではないかと私には思えた。

巨体に似合わず、彼は敏捷であり、直感力があり、意外に勇敢なことを、あとで述べる入所三日目に監視兵を襲撃しようとして阻止されたさいに私は知らされていた。こんどは彼の不在のときを選んで、決行することにした。

放火計画に第一に必要な道具は、マッチかライターである。私はあらゆる方法で、マッチを手に入れようとした。収容所の朝の日課として、各捕虜の厳しい所持品検査、身体検査が行なわれ、捕虜は肌につける衣服以外は、何も持つことはできない。

私は、クレンショー伍長に向かって、

「私に仕事をさせてくれ」

と言うと、

「ノーノー。あなたは負傷しているから、元気な人と一緒に仕事はできない」

と相手にしてくれない。少しは身体を動かさないと、健康にさしつかえる、という

と、では独りで体操をしていろ、といい、取りつく島もない。天幕の中にひとりでい

たのでは、マッチを手に入れる機会もない。私は、クレンショーの目を盗んでいつか

は、外へ出られるときを待った。四日目のことであった。彼の上官のライト中尉が現

われ、

「韓国人二名を、シャワーの水汲みに出してくれないか。日本兵はいらない」

といった。偶々《たまたま》クレンショーの姿が見えなかった。私は早速、韓国人、俗称チャー

リーと共に、韓国人のふりをして、シャワーのある場所へ出かけていった。

シャワー所では、日焼けした逞しい将校たち五人が二人のくるのを待っていた。私

はチャーリーに、

「お前は櫓の上の役をしろ、俺が下で水を運んでやる」

と、櫓の上にあげてしまった。私の数ヵ所の傷はまだ痛んでいたが、目的のため、

石油缶に入れた水をはこびながら、脱衣場の中の将校服をうかがった。原始的なドラ

ム缶の水は、彼らがふんだんに水を使うため、すぐ無くなった。私は数回往復するう

ち、やっと五人の将校が水浴に揃って夢中になっている瞬間をつかんだ。緊張して、

脱衣場に足を踏み入れ、将校服からマッチかライターを盗み出そうとした時——万事休す、こともあろうにクレンショーの私を呼ぶ声が、近づいてきたのであった。私は慌てて、脱衣場から飛び出し、何食わぬ顔でクレンショーを迎えた。残念でたまらない。


彼は、韓国人一人を連行していて、私と交替することを命じ、

「あなたは、負傷がまだ癒っていないから」

と私に向かって言った。

私は、絶好の機会を彼に取り上げられた憤懣を押さえに押さえた。またしても、クレンショーによって計画を妨害されたと思っていた……。

しかし、ペ島飛行場を火の海にする企ては捨てたわけではなかった。夜、天幕の中で寝ていると、遥か遠くで、守備隊の戦う射撃音が聞こえてくる。そんな時、私はいても立ってもいられなくなるのであった。

そこで、私は今度は、韓国人のコックである李さんに目をつけた。李さんは、収容所内で最も米兵の信頼が厚く、彼は一日一度、衛兵から一本のマッチを受け取って、雑炊のような捕虜用の食事を作る。

……よし、あいつに何とか余分にマッチをせしめさせてやろう……。

と私は考えた。収容所の捕虜の間で、もっとも欲しがられているのは煙草であった。韓国人はとくにその欲求が強い。そこで、煙草を餌に、李さんにマッチとの交換を迫ろうと考えた。ところが、さて煙草を入手する方法も甚だ難しい。歩哨たちは私を近づけようともしないし、考えてみると矢張り、クレンショーしかいない。そのクレンショーは、煙草を喫わないから、所持している可能性は非常に少ないが、ただ、李さんの弱味が煙草なら、クレンショーの弱味は「日本語習得」ということであった。当時、米兵の間ではすでに、東京上陸の日が話題にのぼるほどで、その憧れだけでもあるまいが、クレンショーは日本語の勉強に夢中であった。彼が捕虜の私から、日本語を学ぼうとして、懸命になっている点に私は目をつけたのである。

クレンショーが日本語について訊きに来たとき私は、

「ラッキーストライク一個を、日本語を教える代償として欲しい」

と言ってみた。ところが、これに対して、

「私は煙草は嫌いです。そんなことはできません」

と、にべもない返事で、そっぽを向く。

私は重ねて言ったものだ。

「クレンショー、私はニコチン中毒だ。暫く煙草を喫っていないので、頭が少々変になっている。あなたに教える日本語も、上品な標準語がなかなか出てこない。しかし、煙草を喫えば大丈夫だ……もし煙草をくれないなら、日本語教授はストップする」と。だが、このおどしにも彼は、知らん顔をした。困り果てた私は、一計を案じた。

翌朝、私はめまいと頭痛がすると言って起きなかった。私が起床しないとクレンショーが、まったく困ることが一つあったからである。それは、捕虜の朝の点呼であった。私は、捕虜たちのリーダーにおさまっていたので、毎朝整列させて人員点呼を行ない、米軍上司に報告する役目を持っている。ところが、この私が指揮をとらないと、韓国人などなかなか整列せず、時間がかかって困るのであった。点呼には、ライト隊長も検閲することがあり、そのさい規律がだらだらしていると、「掌握不十分」ということで、担当者のクレンショーの責任となるからであった。

私の作戦は見事に図に当たった。私が寝ている天幕に慌ててやってきた彼は、「今日は、丁度ライト中隊長の検閲する日だ。頼むから我慢して起きてくれ」と懇願するではないか。起床しようとしない私の態度に、普段おだやかな彼も、起きなければ引きずって行くと怒り出した。

私も、ここぞとばかり、

「いったん起きないと言ったら、死んでも起きない」

と強情を張った。みれば彼は蒼白い表情で余程困っている風である。私はすかさず、

「めまいがするのは、昨夜言ったようにニコチン中毒のせいである。煙草を一箱くれれば、すぐ癒る」

とうそぶいた。しばらく押問答は続いた。刻々と検閲の時間は近づいてくる。彼は気が気でなく、とうとう根負けして、呆れたような表情で、

「ＯＫ！　ＯＫ！」

と叫んだ。シメタ！　私は元気にとび起きて、点呼にかかった。その朝の気持のよかったこと、声朗々と、

「全員五十一名、内重傷者八名、軽傷者二十名、其の他二十三名。計五十一名、異常ナシ」

と、下手な英語で報告し、米国式の素早い挙手敬礼をお義理で済まし、点呼は無事終了したのだった。さて、約束通り煙草は一箱手に入った。次は李さんの攻略である。

彼は、五十歳に近い好人物で、とりわけ煙草好き、よく椰子の枯葉を巻いて喫いながら、

「一度、本物ノタバコ、沢山喫ッテカラ死ニタイネ」

と、愚痴をこぼしていた。

「実はマッチが欲しいのだが、手に入らんかね」

「タバコモナイノニ何ニ使ウ。悪イ事ニ使ウナラ、私ノ責任ニナル。銃殺コワイ。駄目デス」

「いや、悪用するのではない。私は頸をアメリカさんにやられてから、両耳が時々詰まったようになって聞えんのだよ。マッチ棒で耳を掻きたいのだよ。なんとかならないか」

「ダメデス。米兵ハ一度ツケルタビ、一本シカクレナイ」

と、李さんも強情だ。

「李さん、私の耳が聞こえなくなると食糧の交渉はできなくなりますよ」

食糧問題となると李さんは、自分が責任者なので、いささか緊張した。その表情を見て私は、マッチの入手法を喋り出した。

「マッチ棒落とした。もう一本下さい、と言えばくれるよ」

李さんは、私のペースに巻きこまれた。

「コノマッチ、シケテル、火ガツカナイ。モウ一本下サイ」

「コノマッチ、スッタラ棒ノ途中カラ折レタ、モウ一本下サイ」

「コノゴロノマッチ悪イ、スコシ沢山下サイ」

「李さん、マッチ棒は十本くらい欲しいんだが……マッチ一本と煙草一本の交換はどうだい？」

この言葉に李さんは目の色を変えた。

「軍曹、ホンモノタバコアルカ？」

「ああ沢山あるが、私は煙草は嫌いだ。耳掃除の方が大事なんだ」

李さんは、目を輝かせながらも不安気であった。私は「これは生命より大切な品だ」と言って、クレンショーから獲得したラッキーストライクの箱をみせ、さらに封を切って中身を確認させた。

「オーケー、ダヨ。ヤルヨ、私、ヤルヨ」

と、それを見た李さんは必死の面持で、頭を何度も縦にふった。

李さんは期待を裏切らず、短期間に苦労して十本のマッチを集め、十本のラッキーストライクと交換した。

こうして私は、ささやかだが大望を決する〝武器〟を入手することができたのである。アメリカのマッチは堅いものに擂りつければ、すぐ発火する。湿気で駄目にならないよう、マッチの隠し場所に神経を配りながら、私の気持は焦っていた。私の計画では、マッチ棒をもって出発し、有刺鉄線を突破して五十メートルも行けば、飛行機の並んでいる場所に行ける。そこでB29機か、ダグラス輸送機の搭乗席によじ登り、ガソリンタンクの蓋をとって、マッチの火を投げ込む、というものであった。一機が炎上すれば、たちまち連続爆発を誘発するであろう。もし、うまく行けば陣内の弾薬庫も炎上するかも知れない。そうなれば、しめたものだ。米軍は混乱状態に陥り、大爆発の音を聞いた、残存守備隊は歓呼の声で押し寄せてくるだろう……私はとめどもない空想に耽っていた。

いよいよ実行する日が到来した。その朝、クレンショーはジープに乗って、何処かへ出かけて行った。歩哨にそれとなく聞いてみると、翌朝でないと帰って来ないという。果たして、夕刻の点呼にも彼は姿を見せない。

今夜こそ、決行自爆の日だと決心した私は、ペ島守備隊と、遥かなアンガウル島の戦友たちに、別れの挨拶を送ったのであった。

夜は静かに更けていった。

天幕の外の気配に耳をすませたが、誰の靴音も聞こえない。私はマッチを持って、そっと収容所天幕を出た。有刺鉄線が月の光にかすかに反射していた。有刺鉄線の囲いの部分で一カ所、地盤のゆるんだところがあった。私は毎日、そこまでの所要時間、また鉄線の下に潜るために掘る土の量など計算し、歩哨の往復時間も考慮に入れてあった。

天幕を出ると、計画通り匍匐前進を始めた。前方の有刺鉄線は、夜間になると電流が通っていないことも、苦心の末調査済みである。匍匐しながら、額に油汗がにじんできた。音をたてないように、姿勢を高くしないように、私はようやく辿り着いた。すぐ、鉄線の下を掘り始めた。

鉄線の下を胸が通れるくらいになると、私は息を吐き出し、腹部を細めて、頭部からそろそろと潜った……やっと、鉄線の下から臀部が抜けた。

見事に成功である。瞬間、私は第一の難関を突破した喜びで、勢いよく飛び出そうとした。

ところがどうであろう。頭を上げようとしたとき、眼の前の闇の中に、にゅうと黒い大男の影が立ちはだかっていたのである。

〈クレンショー！〉

大男の右手に握られた拳銃は、素早く私の心臓につきつけられた。彼の手は小刻みに震えている。私は、その拳銃が火を噴き、胸が射ち貫かれるのが、当然のことと覚悟した。あれほど注意して、不在を確かめたのに、またこの大男のため失敗し、遂に捕虜として最期を遂げるのかと、私は彼を憎んだ。

「さあ、殺せ！」

と、私は呻いていた。クレンショーは拳銃を私の胸につきつけたまま、左手で私の身体をさぐり武器を持っていないことを確かめると、押すようにして彼の天幕の中に連れ込んだ。私は、口惜しさと屈辱のあまり、彼を睨みつけていた。いっそ拳銃を擬せられたとき、飛びかかっていって殺された方が良かったと後悔していたのである。長い苦心の末、計画した炎上計画も無残に打ちこわされたのだ。

彼は、私の上衣のポケットを探ると、マッチ棒十本を無表情に没収した。まさか、それが大それた私の秘密兵器とは気づかぬようであった。単なる普通の脱走計画であると思ったらしい。

「お前が、歩哨に対して、私の日程をたずねたことが、出先の私に連絡された。……お前が、何か計画しているとしたら、多分今夜あたりであろうと考えていたから、私は仕事の途中だったが、お前のために切り上げて帰ってきた」

と彼は、怒りのために紅潮した顔で話し出した。以前にも、有刺鉄線のまったく同じ場所を掘って脱走しようとした日本人捕虜があったという。その男は、数十発の弾丸を受けて、死んでいったそうである。

「君も、私が帰っていなかったら、即座に射殺されたことだろう。大急ぎで帰ってきたことが良かった」

と、彼は言うのである。たしかに捕虜管理の責任者である彼の立場からすると、脱走事件などが起こると、上司に対して言い訳の立たなかった事情もあったろう。しかし、その時のクレンショーの言葉には、いま思うと、人間同士の実感があり、真実があった。が、当時の私は戦友とともに、〝玉砕〟をのみ考えていたから、彼の言葉も耳に入らなかった。むしろ、死ぬ機会を奪った敵兵として憎んでいたのである。

……計画ルートとは、反対側の鉄線下から潜り出れば、こんな失敗はしなかったのに……。

と情ない思いで一杯であった。クレンショーは、そういった私の心理を見透すように、

「君が出た有刺鉄線の数メートル先には、ピアノ線が張り巡らされていて、線に触れると重機が、自動的に発射するような仕組みになっている。あのまま脱走していたら、今頃君は、きっと無残な屍体となって発見されたことであろう」

と、私の無謀な行動を戒めはじめた。そして、熱をこめて、

「神の恩恵に感謝せよ」

「生きる希望を捨てるな」

「死に急ぐな」

と、説き続けた。猛々しく狂っていた私の心も、次第に熱心な、人間味に満ちた言葉にひき入れられていた。その時の私は「死ぬことがいかに難かしいことであるか」を痛感していた。死を覚悟して行動すれば、幾度も生命を助けられる。「死中有生、生中有死」といった考えになっている私にも、彼の言葉のひとつひとつ、胸に滲みこんでくるものがあった。だが、彼の真実の言葉も、すべてが私を納得させたわけではない。

クレンショーは、飽くことなく口を開いて、

「君のような心理で、日本人の全部が玉砕してゆけば、焼け野原になったときの日本を、誰が再建するのだ」

とまで言った。いま考えれば、先を見通した言葉であったが、その時の私には、素直に受け取れなかった。虜囚の身となっていても、日本の必勝を信じて疑わなかったから、日本が焼け野原になるなどとは、とんでもないことだと私は怒った。クレンショーが、

「どうしても、君は私の言っていることが分からないか？」

と、きいてくれれば、私は、

「分からない」

と、答える。

お互い同年輩で、性格も同じように真面目な兵隊である。人間として、生死についての話しているときには、互いに相通じるものがある。しかし、対話をすすめてゆくと、どうしても対立し、相譲らない立場を主張するようになる。

当時は「考え方の相違だ」と、簡単に片づけていた。だが、いまにして思えば、二人の人間の素直さを拒み、理解を阻んでいたのは、互いが戦闘状態にある敵同士だということであった。軍服が違う、という考えれば単純なことが、二人の間をまったくへだてていたのである。同じ背広を着て、平和な時代になれば躊躇なく、親友になれるものを、互いに立派な軍人であろうとすればするほど、自己に誠実であろうとすればするほど、二人の間は遠ざかっていったのであった。

彼に第一信を書き送った日以来、彼からは毎日曜に便りが届けられた。手紙には、彼の家庭の小さな出来事に至るまでも、細々と書きつらねてあった。また、仕事のことや、現在のよろこびに溢れている彼の心境などが、如何にもアメリカ人らしい率直な表現で、心をこめて書かれてあった。今や、彼は全く私を自分の親類か、兄弟のように思ってしまっているようだった。

一方、私も彼と同じように、日曜日毎に便りを書いた。「池の金魚が、十匹ふえました」とか、「隣の家の子供が、もう歩けます」とか――。日常生活の些細なことも、細大洩らさず書かなければ、気持が落ちつかなかった。もう彼と私の間には、人種や国籍の違いを感じる余地は全くなくなっていた。

そればかりか、日本は何故アメリカと戦争なぞしたのだろう、こんなクレンショーのようによい人がいる国と……と思うと、私の目には熱いものがこみ上げてくるのだった。

一体戦争とは何だろう？　国と国とが戦うのが戦争なのだが、それは誰と誰とが、憎しみをぶつけ合うというのか。……国家とは何だろう。一人一人の国民よりなりたつ国家だが――？　一体その中の何者が、国家を戦争へと誘導していったのか……次々と、私は疑惑を展開させて行くのだった。

その真因が、どうであれ、今私は戦ったこと自体を、残念に思うようになっていた。後悔の念さえ抱きはじめていた。もし戦前両国間に、今の彼と私のように、兄弟のように信じ合える人々が大勢いたならば、戦争などは起こらなかったであろう。私はこう思うようにすらなっていた。

一匹の虫けらの生命すら、限りなく厳粛なものである。国家の戦争のために、生命を賭けるよりも、彼と私のように互いの生命を愛し尊重し合うように、各国の人々が務めれば、平和は保てることであろう。

私はいつしか、変わってしまっていた。目覚めたのだ。私は死をくぐりぬけて、生を得、かけがえのない「平和」を発見したのであった。

二人が、太平洋の孤島で得た友情は、こうしてたくましく生長をはじめた。約一年が、矢のように過ぎていった。私には、ほんとうに愉しく満ち足りた日々であった。


或る日、彼から突然吉報を受けた。

「貴男の招待に応えて、日本に行く」

という。私はもう、夢と希望が一度に叶えられるよろこびで、胸がつまった。

クレンショーの日本着は四月十七日にきまった。

尚うれしいことに、ジョージア夫人同伴で来たい、という。私はまるで、恋人に再会する日を迎えるような、嬉々とした感情に沸き立ちながら、その日を待った。

私のこの喜びを聞きつけた一、二の新聞社の記者が、私のもとを訪れた。彼等までが、私と共に喜んでくれた。その一紙は「生きていてよかった」「二十一年ぶり」という感動的な見出しをつけてこれを報道した。

5
再会

昭和四十一年四月十七日、その日は日曜であった。私の願い通り、朝から快晴であった。私は妻を同伴して、羽田に向かった。

妻は、私の恩人との初対面を気にしてか、落ちつかぬ様子で、絶えずコンパクトをのぞき込んでは、着物の衿元を合わせた。私たちは、東京空港で気ぜわしく飛行機の到着標示板と、時計を見くらべた。彼、クレンショーは、今ダラスの大きな運送会社の副社長であり、私達は東京で書店を経営する一夫婦である。

やがて、サンフランシスコ発、日航機第五便が銀色の姿を輝かし着陸した。私は、特別の許しを得て、日航機の近くへと走り寄った。昇降口にタラップが取りつけられると、扉が開けられた。

待ちわびる、私の目の前にひときわ大柄な銀髪の紳士が降り立った。彼は、タラップの途中で立ち止まって私を捜し出すと、急いで降りて来た。私は、彼の姿を見ると同時に走り出していた。

互いに駆けより、共に体を打ちつけるようにして、抱き合ったのであった。

「よく来てくれた。ミスター・クレンショー!」

「オオ、ユーカン(勇敢)ナフナサカ!」

と。

彼は、確かに勇敢な、とはっきりとした日本語で発音した。

その短い讃辞は、私に対するだけでなく、あの時、悲壮な玉砕をとげたアンガウル・ペリリュー両島守備隊の全将兵に与えられた言葉として、私は涙のにじむのを防ぎようがなかった。クレンショーも、感激の涙を押さえようともせず、二人は暫く相擁していた。

彼の妻のジョージアさんは、二人の感激を見守っていたが、いつまでも離れようとしない二人に近づいてきた。彼女はクレンショーの紹介も待ち切れず、私に手をさしのべた。

「お二人さん、再会できたのです。さあさあ早く落ち着いて、心ゆくまで語り合いなさい」

と言わんばかりに、私に握手を求めたのである。

彼の元気な姿、美しく、優しそうな彼の妻、それに一男一女があることを思うと、幸福に充ちたその家族の「日々神を信仰し、神と共に生きている」という、充実した幸せな生活がしのばれた。その幸せは只単に彼の幸せとしてではなく、私の喜びのためにある彼の幸せであるとも思えたのである。

羽田にて。クレンショー氏、著者、両夫人。

この一年間、幾度となく彼の手紙によって、告げられていたことであったが、やはり、彼の口から直かに告げられるその実感は、また格別のものであった。

私も彼と同じように、私の家族もみな健在であり、幸せであると告げた。

私はここで、彼が一年前に電話で語った、「生きていてよかった」という感激の言葉を、実感として肌に感じとったのである。その感激の興奮はなかなかさめなかった。

空港のロビーで待ちわびていた私の妻は、私たちを発見すると、初対面の恥ずかしさも、日頃のつつしみも忘れて駆けより、クレンショー夫妻に握手を求めた。

羽田を出た一行は、世田谷の私の家まで、二台の車に分乗して向かった。

私は戦後、心の内に抱き続けてきて、彼に問いただしたいと願っていることが一つあった。

私はクレンショーの話が、一段落しようとした時に、彼に対してその話の口火を切った。

ペリリュー島戦場の片隅にあった捕虜収容所で、私が自ら求めて生命の危機に陥ち込んだ時、厳然とした態度で私に向かい、「神」の御心と、御言葉を切々と述べ、私の考えを変えさせようと、祈りをこめて私を説得した彼の真剣な眼差、その力強い言葉……あの時の彼の言葉の原動力が何処からくるのか……宗教的なものの発露か、哲学的な人生訓なのか、それとも心理学の分野からきたものであるのか――。

私は、問うた。

「クレンショーさん！　あなたの信仰するキリスト教とは、どんなものなのですか。

そのポイントを分かりやすく教えて下さい」

あの時の彼の言葉が、ただの言葉ではないと気付いてはいたものの、その言葉の真理はいまだつかめずにいた。その困惑の気持の素朴な表現であった。

「ＯＫ、ＯＫ」

クレンショーは、私はその質問に答えるために日本に来たのです、と言わんばかりの面持で、快げにうなずいた。

彼は、復員以来ずっとおこたらず、日本語の独習を続けてきたというだけに、かつて捕虜仲間に、時には笑われるような、習いたてのギゴチなかった日本語が、格段に上達し、流暢な言葉で私の質問に答えようと、青い眼を輝かした。大きく手ぶりを加えながら、

「フナサカサン、あなたは聖書を持っていますか？」

「はい、あなたが手紙で是非読むようにと教えて下さったので、一冊持っています」

「それはよいことです。では、その聖書を読んでいますか？」

「はい。もう何回も読みましたが、読めば読む程、難しくて訳が解りません」

彼は言った。

「聖書を読んだだけでは、だめです‼　あなたは何故教会に行かないのですか‼」

それは、つい先程までの、懐かしさと喜びにあふれていたクレンショーではなかった。

二十年前の、あの時のクレンショーに戻ってしまったかのように、低い響きのある声に変わっていた。その声は私を圧倒した。二十年前が、時間、空間を超えて、連綿と続いているような錯覚を覚えた。

「フナサカサン、信仰とは……」

彼は、その大柄な身体を私にすり寄せてきた。

「神の言《ことば》がはじめにあります。神の言がまず第一なのです。そして聖書に『言は肉体となり、わたしたちのうちに宿った』と〔ヨハネ一・一四〕に書かれてあります。それは――

神の言はイエスという人間となって、この地上に訪れたのです。これこそ、現実に既に語られている神の言なのです。

神の言を聞くときには、イエス・キリストと共に、その証言である聖書と、それを説く宣教の二つが大切です。その二つの事に神の言を加えた、三つのこと、つまり啓示された言そのものがキリストなのです。又その言を文字にしたものが、聖書なのです。更に、それを宣べられた言が宣教です」

彼の語る言葉には、力があった。二十年間の空白を埋めつくす真実が、彼の青い澄んだ瞳にも、はっきりと現われていた。

私はかつてのように、いたずらに反抗することなく、静かに耳を傾けて、彼の説く真理の総てを吸収したいと願っていた。そのような私の心境のためであろうか、彼の語る声は、私にしみ込んできた。時々彼は、

「フナサカサン、解りましたね……」

と、念をおしながら語り続けた。

「神の言が人間に語られ、神の啓示も同じように与えられます。それらは現実に、我々人間が見ることも、聞くことも、触れることもできるのです。そのために、神はまず神の方から、私たちに近づくため、御自分を低くして、この地上を訪れられたのです。だから私は、私たちは神の恵みを受けられるのです……」

人の世の様々な経験を通して、神の摂理を感じることがある。

「例えば、私とフナサカサンがこうして再び東京で逢えたのも、神の摂理の導きと見ることができます。フナサカサン、貴方は私を、二十年間も探し続けましたね。普通なら百年探しても見つからない位、アメリカは広いのです。貴方は私の住所もわからず、その上名前も間違って覚えていましたね。とてもとても探し出せるはずのもので

はない。それなのに、こうして二人は逢えました。何故だと思いますか？」

私は、もう返事が出来なかった。そしてその時、二十年前戦場で、私を救おうとした彼の心を、その源をはっきりと見きわめることが出来たのであった。

私と彼との、戦場に於ける出会いの意義は、今この二十年目の対面の初頭に、彼の変わらぬ信と愛とによって、見事に解明されたのであった。

遠来の客をのせた車は、間もなく世田谷のわが家に、到着しかかっていた。

古びた玄関は大きな構えとはいえない。玄関というよりは、木戸といった方がピッタリかも知れない。その木戸の脇に、松の古木が枝を数本張り出していた。

五十年もたち、雨もりさえする木造の二階家の前には古風な池がある。昨日までは、せめて帝国ホテルにでもと考えていたのであったが、思いなおしてとまって貰うことにした。この家が、ホテルの代用であるとは、いささか申し訳がない。

彼は、玄関までの敷石がわりの荒い砂利を、静かに踏んで立ちどまった。

「これが、フナサカサンの家ですか……」

「ハイ、そうです」

私は、余り家が古いので、彼に対し恐縮していた。しかし、はるばる米国から来て頂いたのだったが、やはり彼等をホテルに案内しようとは思わなかった。それは、アメリカと違う日本の古さを……彼がまだ文字を通してしか知らない日本の伝統を、じかに彼に見せたいという希い《ねがい》と、家の裏にある私と息子の、武道精進のため建てた剣道の道場と、更に私が自らいう「サムライの部屋」を、見てもらいたかったからではなかろうか……。

羽田からの車中、彼が私に対して熱心に行なった、キリストの教えについての話が、彼の来日の一目的であったことが明らかであった。私の潜在意識の中にも、かつて戦場で私が精一杯、大和魂や武士道について彼に説明したものの、説明し得なかったあの続きを、補足をしたいという考えが心のどこかに残っていたからであろう。お互いに、同じ心境であったのだ。

「洋風といえば、トイレ位で、さぞ御不自由でしょうが、これが私の家です」

長身の彼にとって、頭がぶつかる程入口は低い。私は言った。

「頭に、気をつけて下さい……」

彼は、小腰をかがめた。

「さあ、さあ、どうぞ、荷物は私が運びます」

玄関に、手をとって、

「ここで、靴をぬいで下さい。……日本の家には、タタミがあります」

来日に際し、日本について予備知識を得てきたろうが、彼には、見るもの全てが珍しいらしく、玄関のうす暗い中で、窮屈そうに頭に注意し、靴をぬぎながら、

「これが、フナサカサンの家なのか……」

と、くり返し感慨無量の様子であった。

横座に入った彼は、長押《なげし》の槍や、刀に眼をうばわれていた。そして、妻が持って来た座卓に、彼の大きな体をようやく安定させたのであった。無理もない、足を折り曲げて坐ること自体、彼等にとってははじめてのことなのであろうから。

彼は、時代がしみ込んで真っ黒くなった天井を見上げたり、掘り炬燵にも興味を示していた。

さもあろう、米国にも日本式の料亭はあるというが、ここで見るものは、ほんものの日本の家なのだから。

金塗りの仏壇にも驚嘆している。

私は、説明した。

「あの中には、三百年前のこの家の祖先から、現在に到るこの家の死者の霊が安置されています。私たちは、日曜ごとに教会へ行くといった習慣はありませんが、毎日朝

夕二回、香をたき、線香を捧げて霊を慰めます。そして子孫への加護を祈ります。クレンショーさんが、神に祈ると同じように。そして加護に対し感謝します。日本の家には、どんな家でも必ず仏壇があります。それは、仏教の教えによるものです。仏教によって生活する私たち日本人の考えは、アメリカ人とはおのずから違います」

私は、さらに座敷にある神棚を彼に見せた。神道の明・浄・直と武士道の関係、その血を統《つ》いだ私が、いかに戦場で死を潔しとしたか。およその説明をした。その時、

「さあ！　さあ！　これをどうぞ‼」

妻が、かねてから準備したゆかたを運んできたのであった。しかし、残念なことにその心使いも、暫く待ってもらわねばならぬことが起こった。

話を聞きつけた各社の新聞記者と、カメラマンたちが、狭い客間につめかけて来たからである。遠来の客をはじめ家族たちは、喜んだり驚いたり。報道陣が十名も加わったので、古い座敷の床が抜けないかと案じる私をよそに、無数のフラッシュが輝いた。クレンショー夫妻は、旅の疲れをかくして、様々なポーズの注文にも、快げに応えて微笑さえ浮かべていた。

そのあわただしさの中に、ＴＢＳから電話があった。明朝のＴＶに「二十年振りの再会」と題して、感激の対面を全国放送したいと告げて来たのである。

私は賛成であった。彼も又、快く同意したが、二人とも今このように報道陣に囲まれているだけでも、目を廻しているというのに、この上TV出演とは……と、いささか戸惑いを感じていたのである。

二人を囲んでの歓迎パーティは、茶の間の炬燵がよいだろうと決まった。座卓があっても、畳の上に坐ることが苦手のような二人を見ると、炬燵ならば足を落として坐れるからである。

なるべく洋風にと、妻が作った手料理を二人とも、今日のため練習してきましたと言って箸を使って食べた。そのおぼつかない箸運びの中にも、夫妻の気持が伺われ、私たち家族を喜ばせてくれた。

クリスチャンである彼は、日頃は一滴の酒も口にしないそうだが、小さな瀬戸物の猪口をとり上げて、

「フナサカサン、乾杯です」

という。形式的にもせよ、そのように再会を喜ぶ心をあらわす、クレンショーの姿を見ると、私は涙が出てくるのを防ぐことができなかった。

あれから二十年――互いに長かったとは思えなかった。しかし、こうして見る彼の頭は、少なからぬ白髪がたくわえられ、私も頭髪が薄くなっている。私の家族や、ジ

ヨージア夫人の話も交わっていたので、二人だけの会話は、ひかえ目であったが――。
絶えず二人は、眼と眼で話し合っていた。
春の宵は、二人の感傷にかかわりなく更けていった。

6 日本の心

「クレンショーさん、明日は早い。もう休みましょう」

私は、再会初日の名ごりを惜しみながら言った。腰を浮かしかけた彼が、私を制するように手を前にかざして、

「ちょっと、お待ち下さい。フナサカサン、今日最後の話です……。戦争前、私は一介のトラックの運転手でした。だが、戦争から帰った私は、夢中で働き、勉強しました。それというのも、戦後の私の生命の一頁は、貴方によって開かれたのです。貴方は私に〝すべて、生きるための目標には、身体をもってぶつかれ〟〝精神をこめれば何事も成る〟〝死を賭してやれば、不可能はない〟ということを、教えてくれたのです。私は、だんだんに上役に認められるようになりました。今では、大きな会社の副

社長になりました。私はいつも、貴方に感謝していました……」

こう言い終わると、彼は再び私に握手を求めた。彼の言葉には、多分にお世辞が含まれているように聞こえたが、彼も当時私を、一人の敗残兵の捕虜としてではなく、何となく興味のある人間として、関心をもってくれたのだろう。

彼のそう言う告白を聞き終わると、私も彼に対して是非感謝しなければならない事があった。それは彼が言った〝貴方の御陰〟ということと、全く同じ意味のことであった。ペリリュー島でクレンショーと別れてからの私は、捕虜としてグアム島に送られた。そして更に、ハワイ、アメリカ本国の収容所を廻った。その行く先々で私が見たものは、アメリカ大陸の広大さと、資源の豊富さと、それにともなう産業、文化、科学の進歩発達であった。当時の日本とは雲泥の差があり、アメリカのそれにくらべれば、日本は五十年の遅れがあったであろう。

その印象を胸に私は、焼け野原の日本に帰った。そこで見たものは、住む家も無い人々が、右往左往し、食糧事情は悪く、農村を除くあらゆる都会は飢餓地獄そのものの姿であった。人心はすさんでいた。思想は混迷し、よりどころを失った人々は、ますます迷うばかりであった。その中に足を踏み込んだ私だったが、戦場、捕虜体験と悩みぬいて来た私は、もう迷わなかった。すでに死線をのり越えてきたという体験が、私にこの焼け野原の日本を如何に復興さすか、を考えさせた。そして、この眼で見てきたアメリカの、あらゆる先進性を即刻とり入れる事が、日本の産業、文化、教育を豊かにすることではなかろうかと、痛切に考えずにはいられなかった。

クレンショーが言ってくれた「生きて、必ず日本を復興させるのです」、その言葉に力付けられ、はげまされるのであった。文化と産業を向上させる一端として、活字による情報普及、書店経営がよいのではないだろうか。

私は強制疎開になっていた渋谷駅前の養父の書店の地所に僅か一坪の店を開いた。それからは寝食を忘れ、一筋に精励したのであった。文化教育の根源である良書普及のためにそれまで何処にもなかった、各階にあらゆる分野の、あらゆる本を置く「本のデパート」を思い立ったのである。

だが当時の商店をはじめ書店販売業の常識として、売場は一階でないと商売にならないという、ジンクスがあった。売場を立体的に上にのばしたら、という私のアイデアは、当然のこととして取次業界の主立った人から相手にされなかった。やむなく私は帰って来た戦死者である私の余生を、書店経営で社会に捧げたいという趣旨書を業界の人々に配布して、説得につとめた。戦場体験を基として、祖国日本の復興をと願う私の熱意に、関係者はようやく同意してくれた。こうして渋谷駅前に出現した「本なのデパート」は大成功をおさめ、各階の売場には本を求める人々で、身動きも出来ないような繁盛を示した。そして更にクレンショーの来日直前にそれまでの十倍に及ぶ八百坪の広さを持つ現在の「綜合ブックセンター」を設立したのであった。こうして私が、書物によって戦後の日本に貢献出来たのも、ひとえに戦場におけるクレンショーの言葉が、大きな励ましとなって来ているからであった。

クレンショーから、今こうして私に対する感謝の告白を聞かされた私は、私も同じように彼に対して感謝すべきこれらの事が、感激の余り言葉となって出て来なかった。私は黙って、ニューズ・ウィークに掲載された旧店舗の「大盛堂ブックストア」の紹介記事の切抜きを、彼に手渡したのであった。世界でも珍しい書店であるという記事を読んで、彼は目をかがやかせた。

六時半にテレビ局の車が、私たちを迎えに来た。

TBSの「おはよう、にっぽん」の、ステージに着いたのは、それから一時間の後であった。

司会者は東宝の俳優である小林桂樹さんと元体操選手であった小野清子さんである、この司会者たちは奇妙な顔をして、青い目のノッポと、黒い目のチビのカップルを、珍しそうに迎えようとしていた。

「二十年ぶりの再会」という、テーマの説明があった。内容は、ブッツケ本番で進行します、と言う。この説明だけでは、何が飛び出すやら、どう話してよいものやら、私は不安であった。

テレビ・カメラのかげに、かくれるようにして、二人を見守っているジョージアさんの、不安気な顔がチラつく。

やがて、強いライトを一斉に浴びた二人は、更に緊張を加えつつ、改めてカメラの前で、「再会」の演技をはじめた。しかし、司会者が余りに真剣なので、二人は演技をするという気持を間もなく忘れ去っていた。何十万人もの視聴者が、二人の眼の前にあるレンズの奥にいる、ということも、もはや気にもとめていなかった。

私は彼の日本語が、スムーズに発音できるように、とそればかり祈っていた。それと、私は二人のうち、ぜひともクレンショーの方に、フットライトをあててほしいと思った。それというのは、大東亜戦争中われわれは、米軍を〝米鬼〟と呼んでいた。この番組を通じて、私のふれた人間クレンショーの心を、広く人々に訴え、その正体が果たして〝米鬼〟だったか……特に、全国の戦死者の遺族の人々に、当時の敵の中にも、このような人のいたことを知ってもらいたい、見てもらいたいと、心から願ったからであった。

私の心配をよそに、アナウンサーの問いかけに対し、クレンショーは青い目を輝かせながら、流暢な日本語で要領よく答えていた。そのやりとりを聞いていた私は、ふとある事に気が付いた。アナウンサーの質問があると、彼はちょっと眼を伏せる。その視線を追った私は、驚いてしまった。真白いYシャツのカフスに、日本語がギッシリ細かい文字で、書き込まれていたのである。いままで、上着の袖が、それを覆ってかくしていた。何時の間に準備したのだろう?……おそらく、昨夜遅くまでかかって、日本語の辞書を引いて、書きつけたのだろう。よく見ると、右のカフスには神について、天皇制について、そして左のカフスには、平和についての短い熟語が書いてあった。ちょっと腕を伸ばして、さりげなくその字引を見ては、話を続けるのであった。

私が、彼を案じたように、彼も私のために、この番組を成功させねばならないと、彼なりに考えた名案であったかも知れない。私はこの番組に出演中、またしても人間クレンショーの、誠意と勤勉さに、別の偉大さを発見したのであった。

放送された内容は、二十年振りに再会した述懐からはじまって、二人の友情について、戦争中の回想、そして戦争に対する深い反省について放送された。

平和の有難さと、戦争は人類にとって、絶対に避けるべきである、をエピローグとして、放送は無事に終わった。

三十分は、またたく間であった。

司会者が、

「こんなに、感激した放送は、はじめてです」

と言った。

私は、その言葉を確かめるように、局から世田谷の自宅へと、電話を入れた。

「近所の方々に集まっていただいて……放送を見ていました……みなさん……泣かされてしまいました……大成功でしたよ……」

妻は、かすれた声で言った。私には、妻が番組を見て泣いていた事が、わかった。

その日、留守番をしていた妻は、一日中「テレビを見ました」「感激しました」という、人々からの引きも切らぬ電話の応対に忙殺された。

四月十八日、もう桜の季節には遅い頃だ。

「桜の散りぎわを見せたい。潔く散る桜によく似た、日本男子の心意気を……」

と思ったのも、二十数年前のあの野蛮な、軍隊教育ですっかり歪められた武士道を、今更説明したかったのではない。改めて本当の大和魂と、そして人間愛に満ちて、しかも日本の伝統に貫かれている、真のサムライの道を、彼に伝えてやりたかったのである。

テレビ局で味わった、感激と緊張もさめやらぬまま、私は彼に桜の花を見せたい……。

「このまま、行きましょう……」

彼も、「是非見たい」と言う。

かつて、私が彼に言った「日本の武士道の教える日本人の死は、サクラの花が散るように、パッと散るのです……」その言葉を、彼はまだ覚えていたのであった。

遅咲きの桜が、ないものだろうか……彼を満足させてやりたい。

だが、上野公園の桜は、すでに葉桜であった。私は、都内近県の桜の名所を調べた。

しかし、なんとしても時期的に遅い。ＴＢＳでたずねた時、案内嬢が「昨日、新宿御苑に行きましたら、満開の遅咲きの桜が三本ほどありました」と教えてくれたので、新宿御苑まで、車をとばした。急いで苑内に入った――だが、残念だった。たしかに、それらしい木はあった。しかし、昨夜のうちに散り切ってしまったらしい。

「申し訳ありません。一日遅かったようです」

私は、がっかりしながら詫びた。

「今度来る時は、是非三月に来て下さい」

残念だが、仕方がない。次回に望みを託そう。彼は、私のこの気持をくんでくれたであろうか。

散ってしまった桜の木の下で、若い男女が輪になって、ポータブルラジオの音楽にあわせて、フォーク・ダンスを踊っていた。足元に、花びらが踏みしだかれてゆく。その中の一人が、クレンショーに、

「ハロー、ハーワーユー」

と、明るく声を掛けた。それに応えて、彼は手を振っている。

その光景は、二十年前の希いを叶えようとして叶えられず、散り去った花を惜しんでいる私のふさぎ切った心持とは、うらはらなものであった。

新宿から、明治神宮は余り遠くはない。荘厳とか、厳粛とかいうところといえば、ここは全くそれにふさわしい。日本的なところを案内するとすれば、その企画の中に、組み込まれているところであった。

仰ぎ見る鳥居をくぐって、深々と大樹の緑を両脇に、参道の玉砂利をザクザクと踏みゆく彼に、私は誇らしく明治天皇の御偉業の歴史を、説明しはじめた。その説明の

最中に、明治の年号をおおざっぱに、西暦に換算してクレンショーに教えたところ、彼は私をさえぎって、

「ちょっと待って下さい。明治四十五年は、西暦一九一二年ですよ」

と訂正した。私は、恥ずかしかった。

彼は、日本に出発する以前、東京の名所の概略を勉強して、相当の予備知識を得てきていた。

明治神宮から九段の靖国神社へ向かった。国のために散華した英霊の安まる社殿は、千木の大棟から葺きさがる緑青の美しい向拝《ごはい》の下に、明らかに地方の遺族と思われる人々がぬかづいていた。前庭の小砂利に鳩が群れ、参拝を終えて心ゆたかな人たちのまく餌を、いそがしくついばんだ。鳩が時々一斉に翔ち上った。クレンショー夫妻は、

「オー！　ワンダフル」

と歓声と讃嘆の連続だった。

クレンショーとは、日本語で話し、ジョージアさんとは英語で話し、このガイドとカメラマンを兼ねる私だったが、慣れぬ神経をすりへらしながらも、その声の反応がうれしく感じられるのだった。

だが、その喜びを感じるのも、ほんの一時だった。この千載一遇の日に、そして今

日より後の僅か一ヵ月足らずの滞日の日々に、如何に彼等夫妻に、多くの思い出と、楽しい印象を与えることが出来るか……それこそ、私の最大の願いであった。勿論、その願いの中の一つに、大和魂と武士道への理解という願望が含まれていたことは、言うまでもない。

靖国神社の鳥居を出た私たち一行は、柳の緑が青くしたたるように、水面に影を映すお濠を右手に眺めながら、彼等待望の「皇居」へと向かった。

うす色にけむるような空の下、皇居の森は黒く静もり、広場の白砂は時の流れの変遷を、うつし続けたとは思えぬ程、粛として広がっている。

天皇陛下……かつて、戦場で〝陛下のために死ぬのです〟……と叫んだ、あの声が遥かなる皇居の森から、響いて聞えて来た。

私にも……彼にも……。

「フナサカサン、ここから先には、何故行けませんか？」

二重橋から、さらに奥に行きたいという彼の希望が叶えられる筈はなかった。

彼は、

「天皇陛下のために、あれ程一身を投げうって死のうとしたフナサカサン、あなたでも、ここから中に入れないのですか？」

と言う。私にとってその言葉は、何故か痛い程、心の中にくい込んだ。

彼は続いて、

「私は本で読みました。戦前の天皇は、雲の上の方でしたね。だが、戦争の終わったあと、民主化されて、昔のように天皇を、神様のようには扱わないと聞きました」

と言った。

クレンショーのその言葉に、私は当惑しつつ、

「その通りです。しかし日本人自体の天皇陛下に対する気持は、誰でも戦前も戦後も変わりありません。ただ戦争中、大元帥陛下と申し上げた呼称だけは、無くなりました」

それからほぼ一時間にわたって、私は心のおもむくまま、立ちずくめで力説しつづけた。神武天皇以来の皇室の歴史、それにまつわる数多の日本の史話、武家政治から明治維新への変革、大正から昭和への歩みと――その歴史の底流に流れ来たった、大和魂と武士道の歴史、ここにおいてこそ、キリスト教と仏教の比較や、思想の相違を直覚的に話すことが出来たのであった。クレンショーは話の一区切り毎に、深くウナズいてくれた。そのウナズく表情には、戦場でなかなか信じてくれようとはしなかった、あの〝天皇陛下のために死ぬ〟日本人将兵達の気持が「いま解りました」と言わ

んばかりの様子があらわれていると、私には受けとれたのである。私はそれがいたくうれしかった。

いまや春たけなわの東京は、様々の観光の人々であふれていた。長い間、閉じこめられていた冬から解放された日々は、一日一日と明るさをまし、それとともに人々の身も心も、活動的に戸外へと誘《いざな》われる。

私たち一行は、皇居前広場からお濠の白鳥や、石垣上の老松等、のどかな眺めを見やりつつ、日比谷公園へと向かった。園を一巡しながら、

「昔このあたりには、諸大名の屋敷が立ちならんでいたのですよ――」

と説明すると、彼は、

「このあたりに、サムライが……」

と見渡したのだが、彼の眼に入るのは、丸の内から大手町にかけて、ビルの林立するオフィス街の騒然とした現代の姿。はたして彼は、そこに江戸時代の姿を想像出来得たであろうか。

次の目的地に向かうため、私はタクシーを拾おうとして、道端に立ったが、なかなか空車が見つからなかった。やっとやってきた一台に、三人は乗り込んだが、走り出したと思ったら、今度はひどい交通渋滞でサッパリ前に進まない。東京に住むものに

とっては、毎度のこととはいえ、早く次へとあせる今の私にとっては、いささか参ってしまうこのノロノロ運転である。しかしクレンショー夫妻にとってこの光景は、アメリカでは想像もできぬ、異様に珍しい出来事であるらしく、車と車がキシミ合う程、近接しながら走るのを、恐怖しながら眺めていた。

これから行く先は、赤坂にある乃木神社である。この乃木神社に祭られている乃木将軍が、私は大好きであった。クレンショーも又、ジャネロー・ノギが好きであると言っていた。車中私は彼に、「水師営の会見」を、聞かせていた。

昨日の敵は今日の友、
語ることばもうちとけて、
我はたたへつ、かの防備。
かれは称《たた》へつ、我が武勇。

この歌は、今の彼と私のために作られたのではなかろうか、と想える程である。日露戦争における、旅順の戦闘は激闘百五十五日、日本軍の死傷者五万九千人であったという。それをしのぐあのアンガウル・ペリリュー両島戦の悽惨な攻防——そして日本軍の玉砕。

元太平洋方面最高指揮官C・W・ニミッツ提督は、「この両島攻撃は、米国の歴史上、他のどんな上陸海戦にも見られない、最高損害比率（約四十パーセント）を出した。既に制空、制海権をとっていた米軍が、多大の犠牲者を出してまで、この両島を攻略したことは、今もって疑問である」と言っている。その中で戦った二人が、いまここにある。

乃木神社の境内は、静まりかえっていた。戦時中、社殿は空襲のため焼失したが、つい三十七年に復興されていた。白木にはまだ新しさが感じられ、よく清掃の行き届いた境内の木々には、若芽が一杯吹き出していた。神社から、小さな木戸を通って、乃木邸にと入る。明治三十二年に改築されたという、その当時超モダンであったろう、斜面を利用して建てられた三階建ての邸は、二階が玄関となっており、そこの右手から回廊式に、大応接室、将軍の居室、殉死の間、夫人の居室と、見学できるようになっていた。大応接室には、水師営の会見に、白布をかけて戦いの締結の調印をするのに使用されたという、手術台が見える。小ぢんまりした庭を散策しながら、私は乃木将軍と、ステッセル将軍にまつわる、数多くの逸話を語っていた。

有名な乃木大将と、ステッセル将軍の会見のさいの、武士道に生きる乃木大将の、ステッセル将軍に対する思いやり、これは勝軍のクレンショー伍長の、敗軍の軍曹に対すると同じものであろう。日露戦争終了後も、会見のさいの友情はそのままに、乃木さんとステッセルの間に続いたのであった。

敗戦の責を問われ、ロシア軍法会議に廻されたステッセルに、大勢は死刑の判決にとかたむいた。それを知った乃木さんは、かつての部下に命じて、外国の新聞誌上に——ステッセルは、善戦敢闘した勇将である——との一文を寄稿させた。なんとかしてステッセルを、死刑の判決より救いたいという彼の気持が、そうさせたのであった。大将の至誠が天に通じて、ステッセルは死刑を免れた。そして、ペンロバウの獄屋に投ぜられた。シベリヤ流刑よりも更に冷酷と言われる刑であったが、ステッセルは獄中、日々神を信じて祈り、聖書を読み続けていたという。数年後、大赦により獄を解かれてからは、農業のかたわら、多くの孤児を集めて育て「親切将軍」と称えられた。彼は口ぐせのように、乃木大将の偉大さをたたえ、立派な武人と戦って敗れたことを、後悔していないと言っていた。

金銭的に恵まれなかったステッセルのために、乃木さんは時々送金しては彼を慰めたという。

——クレンショーは、懸命に聞いていた。私達二人は、乃木大将やステッセル将軍のように、高位な階級のものではなかった。ほんの無名の下士官であった。いま勝者の乃木さんは、クレンショーであり、敗者のステッセルは私であったかも知れない。しかし、はや夕闇がせまって来た庭に佇む二人にとって、共通する感情には勝者敗者はなく、〝もう再び戦うまい〟〝平和こそ尊い、それも全世界の平和を！〟と願う思いだけであった。

乃木坂を駆け降りてくる夕暮の中、打ち続く感激に共に身をひきしめたまま、一行は世田谷の私の自宅へと、帰っていった。

夕げの食卓には、純粋の日本料理が色どりも美しく、テーブル狭しとばかりにならべられて、二人を歓迎していた。テーブルについた二人は、あくまでも日本式のマナーを守ろうとしていた。

義理がたく箸をとり、ご飯を食べようとするのだが、容易に口許まで運べなかった。その様を見かねた私は、スプーンとフォークをすすめた。

白い御飯を食べながら、クレンショーは、

「フナサカサン、ライスについての思い出がありますネ……」

と言った。私も、その言葉を聞くと同時に、クレンショーのある行為を思い出していた。その行為とは、戦国時代、武田信玄に塩を送った上杉謙信の、武士道の精華とたたえられた史実に、全くよく似た、クレンショーのクリスチャンらしい、信と愛にあふれた行為であったのである。

——それは、ペリリュー島が攻略された直後の、一九四四年の十二月中旬頃のことであった——。

7 白い米

ペリリュー島の捕虜収容所に、米が一粒もあるはずがなかった。日本軍捕虜に与えられる食糧といえば、米軍から支給された、メリケン粉と塩を使って、韓国人の李さんが作ったものに限られていた。李さんは、この二つを使って食事をつくってくれた。

ドラム缶を輪切りにした大鍋に、バケツ一杯の水がそそがれる。それが沸騰すると、錆びたブリキの蓋にあいた小穴から、湯気がシュウシュウ吹き出す。その頃までに李さんは、メリケン粉をこね廻して、ダンゴにまるめたものを沢山つくる。沸騰した湯の中に、一握りの塩がなげこまれ、そしてダンゴが、ほうりこまれる。それから五分もすると、立派な捕虜食が出来上がる。それをわれわれ捕虜は〝塩水だんご〟と呼んだ。

何一つ口にする食物のない、すする一滴の水もない、地獄のような戦場を一ヵ月も過ごしてきた日本兵の私には、その〝塩水だんご〟は、どのような美味にもまさる、ぜいたくなご馳走であると思えたのだ。塩水の中に、浮かんでいるダンゴを噛みしめて、人間らしい食べるという実感を、味わったのであった。栄養失調などまだよい方である。負傷によって血という血を失い、ほとんど視力すら失っていた私であったが、今から思えば、豚の餌同然のこの〝塩水だんご〟によって、みるみる回復した。負傷箇所が、少しずつ盛り上がってき、視力も増してくると、人間らしい感情も取りもどしつつあった。ところが、その人間らしさがもどってくるにつれ、その〝塩水だんご〟が、だんだんとうとましくなり、もう見るのも嫌、匂いをかぐのも嫌になってきた。最初の頃、得意気にそれを炊いていた李さんまでが、「こんな豚の餌など作りたくない」と言い出した。人間とは、贅沢なものである。

捕虜たちの間に、〝塩水だんご〟への不満がたかまるにつれ、ついにその矛先は捕虜の代表である私に向けられた。

「隊長、何とかして下さい」

言われるまでもなく、私には考え続けていることがあった。末期の水の一滴も飲めず、玉砕していった戦友の姿を思うと、今の私は贅沢の一言につきる。申し訳ない。

あのまま、アンガウルにいれば、私は餓死をした身かも知れなかった。しかし、ここでこうしていても、早晩銃殺されることは確かであろう。他の捕虜たちは、

「どうせ殺されるのだから、それまでの間たとえ僅かであろうとも、敵に不満をぶちまけて、改善させせよう」

との声が、圧倒的に多かった。

だが、ここで米軍の実情を見ていても、彼等とてペリリュー戦が終了した訳でなく、野戦食ばかり続き、もう食べるのもいやだ、と言っている声が聞かれた。

夜、私はコックの李さんを呼んだ。

「李さん、米軍は豪洲米を持っていないかネ」

「全然ありません。米軍も食糧不足なのです」

メリケン粉を、食糧倉庫に受けとりにゆく李さんは、米軍の様子にも多少は通じているのである。私は、クレンショー伍長の言葉を思い出した。

「米軍は協定に基づいて、捕虜は絶対に殺さない……」

私は「ジュネーヴ条約」という国際法があることすら、それまで知らなかった。ましてや、その条約の条文中に、どのような規則があるか、わかるはずがない。しかし「殺さない」ためには、「生かす」ための規則があるのではないだろうか——と、考え

た私は、翌日クレンショー伍長にたずねたのである。

「ジュネーヴ条約中、捕虜に対する食事の規定がありますか？」

「ハイ、グンソー。アリマスガ、イマ覚エテイマセン。スグ調ベテ、アナタニ教エマス」

親切な伍長は、すぐ調べてくれた。

「ワカリマシタ。ココニアリマス。アナタガタハ、一日三千六百カロリーノ栄養ガ必要デス」

有難かった。しかしカロリーのことはよく知らないし、〝武士は食わねど高楊枝〟の気持の強い私は、仲間の要求する言葉を伝えることが出来ず、「ジュネーヴ条約を守って、一日三千六百カロリーの食事を与えて下さい」と、言うことも出来なかった。

しかし聡明な彼は、私が質問したことの意味を察してくれた。

「グンソー、お気の毒です……日本人はみな、白米や味噌汁、野菜を食べたがります。私たち米国人が、ハンバーガーや肉、スープをほしがるように……。残念です……。ここの島は、たくさんの犠牲者が出て、その上まだ完全に、占領した訳でありません……だから、捕虜にやる食物は何もありません。近いうちあなたがたは、ジュネーヴ条約通りに待遇できるところに、送ることになります。でも、いますぐではありません……」

　彼は申し訳なさそうに、こう言った。その真剣な、まなざしを見ていると、米軍のこの島における実態が、私に伝わってきた。

「グンソー、私はライト隊長に申しましょう……。この近くの島に、日本軍の食糧が残されているところが、あるかも知れません……」

「お願いします。仲間が、米が食べたいばかりに、脱走したり、暴動を起こして、迷惑をかけるといけません」


　夜になって私は、カロリーのことを聞こうと、李さんのいる天幕を訪れた。しかし、李さんも、カロリーのカの字も知らなかった。話が食糧のこととわかると、

「私、だいぶ前から、米軍の偉い人の顔を見るたび、米と白菜がほしいと言っています。しかし一つもくれません……」

　と嘆くばかりであった。

　その夜又、私は仲間から、

「飯とはいわない。せめてお粥でもよい……」

　とせめたてられた。

翌朝再び私は、クレンショー伍長に言った。

「どうしても、米がないと困ります」

すると彼は、勢いこんで言った。

「グンソー、安心なさい。昨夜私は、隊長に米のことを報告しました。すると隊長は、日本軍の敗残兵が、いつ攻撃して来るかわからない今、米どころではない――と言いました。そこで私は、あなたに聞かれた『ジュネーヴ条約』の話を持ち出し、隊長と交渉しました。すると隊長は、私に一任すると言われましたので、早速夕べの中に、グアム、テニヤン、サイパンに電話して、米を取り寄せるよう話しました。しかし、どの島にも、日本兵の捕虜がいます。なかなかわけてくれませんが、待っていて下さい」

私には、彼の厚意がわかった。

それから四日後のことである。李さんがとんできた。

「グンソー、アメチャンが米と、キャベツを支給しました！」

鬼の首でも、とって来たような李さんであった。

「銀メシが食べられます。キャベツでオシンコをつくります」

涙を流し、うれしさからわめくように叫ぶのだった。われわれ日本軍人とは違い、俘虜の辱しめのことも、戦陣訓も知らない彼等のこと、以前日本の軍属であったとはいえ、捕らわれののちは、すでに日本軍とは無関係となったと信じている彼等にとって、ここでは食べること以外なんの楽しみもないのだ。

「李さん、よかったね。みんな喜ぶでしょう。米を探してくれたのは、あのクレンショー伍長です。飛行機でサイパンから運んでくれたのでしょう。大変な苦労です。クレンショー伍長の、恩を忘れないで下さい」

李さんが、コックとしての責任感と、本能的な喜びで涙を流すのは、当然であった。そう想いながら、李さんを見送る私でさえ、クレンショー伍長の真心に、泣かされていた。

翌朝の捕虜収容所は、盆と正月が一度に来たように、大変な喜びで湧きかえっていた。私にとって、戦闘の始まった九月十七日以来、実に四ヵ月ぶりに見る白米の飯であった。その間になめた飢餓感から言えば、何年ぶりと言っても、大げさではあるまい。しかも、キャベツのお新香までついている。

たとえようもない美味を味わいながら、私はアンガウルの洞窟の中の飢餓地獄の様を、思い出していた。死にゆく兵隊たちが最後に望んだもの、そして叶えられなかったもの、一に水、二に白米の飯、次は味噌汁をすい、お新香を食べてから死にたいというものだ。その一人一人の顔と、声を思い出していた。絶望の心を想いやっていた。どんなに、この白い飯が食いたかったろう……。傷ついた瀕死の戦友たちが、空っぽの飯盒をかざしながら、せめてこのくらい、いやこのくらいでもと、やせおとろえた指を動かしながら、飯の量の目盛りを示していた。

メシ！　メシ！　と、力なく呼んだあのむなしい声が、痛々しい姿が、真っ白いたきたての飯の中に、浮かび現われたのである。死損いの捕虜の自分が、こうして今銀飯にありついている……。これを食べていいのだろうか……。末期の願いさえ叶えられなかった戦友に、申し訳ない……。そう思うと、いまのいままでにじみ出ていた生つばさえ、引っ込んでしまい、その代わり涙がとめどなく、あとを絶たなかった。戦友たちが死の瀬戸ぎわまで求めながら、遂に果たされなかったその願望が、ここでこうして捕らえられたものにのみ、与えられているとは——誰があの時、予想しえただろうか。

クレンショー伍長が、食事の様子をのぞきにやって来た。その顔には、言い知れぬ満足そうな微笑が、たたえられていた。

彼は二十年後に、ある事実を私に秘かに、告白したのであった。それは米を探すために、意外な大事件が、起こったことである。だが、彼はその時、何も語ろうとはしなかった。

エッフェル塔より高い東京タワーの、地上二百五十メートルにある大展望台からは、地上の人や車は豆粒のように見えた。頭を上げれば、伊豆の連山、右手には霊峰富士が遠望できた。この展望台からの、めずらしい眺望にクレンショー夫妻は、大喜びであった。私も子供の頃の遠足の時のように、心が楽しく浮かれてくるのであった。

興味にかられて、展望塔を幾廻りもするうちに、いささか疲れをおぼえてきた。タワーの二階には、土産物売場があった。その前は、数多の観光客で賑わっていた。夫妻はその中に混って、お土産の物色をはじめた。二人の心には、米国に残してきた二人のお子さんの、面影があるのではなかろうか。財布の中の小銭を数えていた二人は、顔を寄せあい、何やら相談をしている。何げなく私が、のぞき込むと、その中は米ドルばかりであった。日本円を使い果たしてしまって、思案しているらしい。私は〝シメタッ〟と思った。私は準備していたものを、手渡す機会を何度となく、うかがっていたのである。

「クレンショーさん、どうぞこれをお使い下さい」

私は、鷲づかみにした札束を、彼の大きな掌に握らせようとした。

「いけません、フナサカさん、それだけは、いけません。ダメです！」

押し返されたその日本円を、こんどは彼のポケットへ、ねじ込もうとした。しかし、それも厳然とした態度で拒絶された。私は愕然とした。

「お気持はわかる……有難う……」

私の好意は宙に浮いてしまった。何故だろう。日本人間の習慣なら、何度か押し問答があっても、〝ではお言葉に甘えて……〟と受けとるであろうに。やはり他国人である彼の心の中は、量りがたいものがあった。漠然とした不安感と、焦躁感とともにこの押し問答に先だつ、ある理由ともいえる事を考えていた。

私は、彼を日本に招待するからには、せめてその旅費だけでも負担したいと考えていた。だから、彼からの訪日の報せがあったとき、私は喜びにあふれる返信の中に、旅費としての小切手を同封したのであった。ところが彼は、私のその真心を込めた小切手を返送してきたのであった。……あなたのお気持は、涙の出る程うれしいが、旅費はあります。こんなにして頂いては、申し訳ありません……。

私は送り返された小切手を、換金して用意しておいた。小切手だから、返送してきたのではあるまいか？　日本円ならよいだろう。そう思った私は、それを手渡す時を待っていた。その時を、ようやく見つけたのであったが……。結果は意外であった。

私が、浮かぬ顔をしているのを、いち早く感じた彼は、

「フナサカさん、ありがとう。あなたの好意はよくわかります。あなたが、私に対して抱いている感謝の心は、よく理解しています。しかし、フナサカさん、私があなたを救ったのではありません。あなたは、神によって救われたのです。あの激しい戦闘のさ中、それは神の恵みによって、なされたのです。考えようによっては、私の信仰によるものであり、あなた自身から出たものでないかも知れません。だがあの時のことは、神の贈物なのです。決して私の行ないによるものでないことを、理解して下さい。救いは資格に対する対価物ではありません。功績に対する褒章でもありません。この世に救いがあることを、知るものにも、知らぬものにも変わりなく与えられる、贈物なのです。だからこそ、恵みと言うのです。信仰とは、私たちが何かを為すことではなく、天の神のなさしめる業《わざ》を、信じて受けることなのです。信仰とは、キリストの業《わざ》を受けることです……」

私は東京タワーの中で、好意から準備した金を渡す機会を失ったのみでなく、クリスチャン・クレンショーに、キリスト教の神髄について諄々と悟されていた。かつての戦場の収容所で、「あなたは、祖国を復興させるためにも、死んではいけません……」と言われた、その言葉の続きを、今またこの東京で再び聞かされているような、

実感さえ感じていたのである。

「フナサカさん、お金をしまって下さい。私たちはお金のことで必要があれば、あなたに相談しようと、妻と話し合っています」

私は完全に参ってしまった。お金を渡すことが、最大の好意として通じ得ないこともあるという、教訓を彼から授けられたのである。

東京はせまいと思っていたが、遠来の客を主な名所、旧跡へできるかぎり案内しよう、と思い立った私にとって、せまいどころか、余りにも広すぎた。東京に住んでいながら、驚くほど東京を知らないということを、この時知らされた。そんな恥ずかしさも忘れて、

「短期間に東京見物したいのですが……」

と、交通公社に電話でたずねた私は、係より「はとバス」の名称で親しまれている定期観光バスのあることを教えられた。それさえ私は知らなかったのである。遊覧コースの中に、外人向きに英語で説明がなされ、デラックスな雰囲気が味わえるよう配慮されたコースがあった。

その日、東京タワーなどを歩き廻ったため、ひどく疲れていたのだが、重ねて立て

る夜のスケジュールに、是非とも見ていただきたいという心持からとはいえ、不愉快な思いを与えはしないかと案ずる私の心を察したかのように、二人は夜の観光の誘いにも、快く応じてくれた。

夜の東京は、七色のネオンがまばゆく輝いて、見事であった。彼は「戦後復興した都とは思えない……」と、幾度かくりかえし言っていた。

その夜巡ったコースの中には、日本人の私にとっても印象に残るところが二、三あった。江戸時代の風俗そのままを、再現して見せる「おいらんショー」を演じていた、吉原「松葉屋」のおいらんの姿とか、歌舞伎座で見た、芝居の一幕など。彼は「日本の芝居とは、こんなにスローテンポで演じられるものなのか……役者のセリフの発声が、とても奇妙に感じる……」と、率直な意見を聞かせてくれた。数寄屋風の造りの料亭では、スキヤキをほおばった。

コースの終末は、ぐっと趣きを変えて、銀座のキャバレーで賑やかなムードにひたった。フロアーの人々に混って、クレンショー夫妻がたのしそうに踊る。そのむつまじさを、踊れない私は嬉しく眺めていた。想像していた以上の、楽しさを満喫して、夜更けて一行は帰宅した。

春とはいえ、夜更けは肌寒さを感じさせた。うすら寒い夜空には月が輝いていた。

黒くねむる街並の上の月を見上げた彼は、しみじみとした様子でこう言った。

「フサナカさん、ペリリュー島で二人で見た月と、変わらない月を、暫くぶりに二人で見ることが出来ましたね……」

その声に、私は不意にペリリューの夜のなまぬるい風が吹きつけたように、当時を想い出していたのである。

8 啓示

　ペリリュー島捕虜収容所に送られた私は、飛行場の北方にそびえる大山に立てこもる、二連隊本部の残存守備隊に合流しようと、脱走を企てていた。周囲の状況から判断して、脱走に成功するには、夜半米軍の歩哨を殺らねばならない。夜に入ると遥か大山司令部あたりから発射されるらしい銃声が、豆をいるような音を立てて、時折弾丸が収容所の向こう側にまでとんできた。アンガウル島と同じく、この島にも飢渇に苦しみながら、死力を尽くして奮戦する戦友がいるのかと思うと、私はかすかな喜びとともに、アンガウル島を玉砕に追い込んだ米軍に対する敵愾心を、一人激しくもやしていた。先に述べたように、入所三日目に脱走を試みた。

　その夜は私の脱走を助けるかのように、漆黒の闇であった。私がねらう歩哨を殺るためには、鉄条網が妨害をしていた。天幕の周囲には、有刺鉄線が二重に張りめぐらされていた。その鉄線に、電流が流されてはいないかと、一メートルほどの針金を投げつけてみたが、幸い有刺鉄線にからみついた針金からは火花も散らず、電流が通じていないことが確認できた。脱走者を探索するための軍用犬のいる様子も見えない。ただ収容所の四隅では、立哨する監視兵が絶えず私たちを睨んでいた。しかしその米兵の歩哨たちは、日本陸軍の歩哨にくらべれば、暢気なものであった。彼等はチューインガムを嚙み、タバコを吸う。よそ見をすることが多い。

もっとも、ここにいる捕虜の大部分が韓国人で、いままでに脱走をはかるものが、皆無だった。たとえ脱走するものがいても、容赦なく射殺してしまえば、ことは簡単だという考え方があるのだろう。鉄骨の主柱を二メートル置きに、地中深く打ち込み、それに張り巡らせた鉄線の高さは三メートルもあった。嵐が襲ってもビクともするものではなく、ましてや徒手空拳の捕虜たちが、如何にしても飛び越えられるような代物ではなかった。

だが「もう一度ひと暴れして、死花を咲かせよう」と決意している私は、何とかしてこの囲いを、突破しなければならない。それには、鉄線の下をくぐり抜けるより外に手はなかった。――そのためには、どうすればよいか――人間がくぐり抜けるのに必要な、最小限の穴はどれ位だろうか？　それは額から後頭部までの寸法であろうか？　私は昼間のうちに、テントにある蒲団代用に敷いてある、ボール箱に穴をあけて、実験を完了していた。穴の大きさはわかったが、次の問題はこの地特有の固いリーフであった。たとえこれだけの大きさにしても、爆薬を使わなくては駄目なのではないだろうか？　それに、たとえ暢気に見える監視兵でも、何時大山方面からの襲撃があるかも知れない。又日本軍の敗残兵の捨身の出現があるかも知れない。内部の捕虜の動向も注意しなければならない。そのため、自動小銃の速射が出来るよう常に用意されているのだ。ましてや「勇敢な兵士」の名を冠せられた私に対して、私のいるテントだけは、時折り近づいて警戒の目を向けている彼等であった。予備役らしい老人や、召集されたままの青年ばかりで、ただクレンショー伍長をのぞいては、余り役立ちそうもない、われわれ日本陸軍の目から見れば、これでも兵隊なのか？　と思わせるような連中であっても、甘く評価することは、我が身を危険に追いやることである。

……小銃が一梃手に入ったら、最悪の場合も心強い。脱走も可能なのだが……。

……よし！　敵の歩哨を襲って小銃を奪うのだ！……。

私は、そう心に決心したのである。かつて在満時代私は名射手としての実力が認められて、選ばれて特別射手となった。それに銃剣術選手としては、中隊随一という誇りと実技を持っていた。アンガウル島では、満身創痍にも屈せず、敵司令部に斬り込んだ。言うなれば〝恐いもの知らず〟の私なのだ。一梃の銃さえ手にすれば〝ひと暴れ〟するのに、充分の自信があった。

三つあるテントのうち、一番奥のテントは、歩哨の位置にもっとも近接していた。私はそのもっとも警戒しやすく、監視されやすいテントに私はほうり込まれていた。私は敵方に知られている戦闘経歴の持主らしい態度を、少しもあらわさぬよう用心していた。しかし敵の警戒から察して、自分の置かれている情勢を充分承知していた。

テントの中は何一つない殺伐としたものだった。凹凸の激しい土間には、体がじかに地面につかぬようボール箱を細長く千切ったものが、敷きつめられていた。これがベッドである。このようなものでも、背中に無数に残る黄燐弾の火傷のあとに、固いリーフがくい込む痛さを免れさせてくれた。極限のアンガウル戦場を思えば、苛酷な太陽の直射は避けられ、スコールもしのげ、だんご汁もあり、水も自由に飲めた。あの地獄同様の一ヵ月を思えば、韓国人の言う〝豚小屋同然〟の、この境遇にも私は進んで甘んじるのであった。

大山で抗戦する日本軍と日々戦い続けていて、生命の危険にさらされている米兵たちは、戦場ではテントを張るどころではない。それなのに捕虜たちには、テントが与えられている。他の二つのテントに分散する韓国人たちは、こういった現況を知ろうともせず、ただ自分たちの置かれている状態のみに不満を向け、

「連合艦隊が押しよせて来る」

「日本軍が逆上陸してくるそうだ」

などと、おしゃべりに夜の更けることも忘れている。

「シャラップ！　キープ　コワイエット、エブリバディ　スリープ！」

歩哨が大声で怒鳴ると、彼等は、反射的に就寝する。これが日課であった。

韓国人たちのいびきが高まるにつれて、私の神経は敏感に働き出すのだった。闇を通して私の眼は、一番近い歩哨の動静をさぐりはじめる。

歩哨の勤務は一時間交代である。彼等は立哨をはじめると、最初の二十分は真剣に警戒して、柵にそって動哨している。警戒心は旺盛だ。しかし次の三十分は中だるみとなる。立哨しながら、タバコを喫う。鼻歌が出て来る。その内、いやに静かだなと思うと、居眠りをしている。最後の十分間は、もう交代時間の来ることばかりを、気にして腕時計ばかり眺めている。私は歩哨たちの、一連の勤務状態をのみ込んでしまった。

脱走の成功は、歩哨の隙を見て鉄線の下を抜け出ることだ。如何にして歩哨の隙を見極めるかにかかっていた。

その日、私はテントの前方、飛行場寄りの柵の下部にただ一ヵ所、有刺鉄線のゆるんでいる所があるのを発見し、頭にたたきこんであった。そのゆるんだ鉄線と、大地との間に支えを入れれば、僅かながら隙間ができて、この体は柵の外に抜け出られる。脱走は可能であると、考えていた。

夜が深まりゆくにつれて、静寂が重苦しくせまってきた。先程、歩哨が交代してから四十分、案の定米兵の動哨する足音が、とだえた。

私は運を天にまかせて、テントからはい出した。大地にへばりついて、静かに、速やかに、ゆるみのある鉄線を目指して……。発見されたら射殺される。それは覚悟の上だ。

地上十五センチのところに、弓なりにゆるんだ有刺鉄線がさがっていた。ゆるみを利用して持ち上げるために、あらかじめ用意してきた板ぎれをさし込んで、力一杯鉄線を持ち上げた。わずかながら、隙間が拡大された。頭をつっ込んでみた。入る！後頭部から前額までが、二十センチであることを、私はすでに計ってあった。胸の厚さは十九センチ、臀部が十八センチ――。通過可能だ！　私は全身の息を、全てはき出して、身を出来るだけ細めた。リーフの大地に、胸板を痛いほどこすりつけた。有刺鉄線が、背中をひっかいた。痛いとか、せまいとかは言っていられない。

気にしている歩哨は、立ったまま動かない。私の脱走に気付いてはいない。私ははき出した息をとめたまま、爪先で体を押し進めた。両手をしっかと、大地に吸いつけて、徐々に柵の外へと身をずらせた。時間にしたら、ほんの四、五秒のことであったが、その瞬間の長く感じたこと、全身に滝のような汗を流しながら、私は完全に柵を抜け出していた。運がよかった、抜け切った、という安堵を味わうひまもなく、このまま敵にさとられぬためには、静かにはい進むか、立ち上がりざま一挙に走るか？

……いずれにせよ、敵中だ……。

……ヨシ！　歩哨を襲って、武器を手に入れよう……。

そうすれば、私の戦力は倍加する。その上で、駆けるか、戦うか、はい続けるか決めるとしよう。

私は、歩哨に抜き足さし足、ゆっくりと近接して、歩哨の脾腹か、鳩尾を空手の一撃で倒し、自動小銃とピストルを奪おうと決心し、静かに立ち上がって歩哨に近づいていった。歩哨まで、あと五メートルだ。一気に走って飛びかかろうとした時だ。

私の背後に、異様な音が起った。

ツッー、ツッー。

ハッ！　として、ふり返ろうとした私に、いきなり大男がタックルしてきた。背後からの襲撃に、ビックリ仰天した私は、背中の敵を振り切ろうと、柔道の背負投げの技を、掛けようとしたが、強力な影はビクともしなかった。それどころか私は、背後からそのまま、押し倒されてしまった。柔道も剣道も自他共に許していた私だった。必死で抗ったが、戦場で受けた傷は、あまりにも多く、いまだ癒えていない普通なら重症ともいえる身では、動く身体も意のままにならなかった。関東軍の猛者といわれた鬼分隊長も、哀れ後手に縛り上げられてしまった。大男は、私の胸にピタリとピストルをつきつけた。私は観念して、目をとじた。

……残念！　私の武運もこれまでだ。この場に及んでジタバタしてもはじまらない。いずれは殺されるのだ。それを漫然と待つよりは、こうして自ら脱走を決行した途上に、死ぬのであれば……これでよいのだ！……。

――もう、ピストルが、火をはいてもよさそうなものだが――。

氷りついたようになっていた私に、疑いの念が襲った。何故、一思いに発射しないのか？　冷たい銃口が、むき出しの肌にふれて、大男の激した感情がそのまま、細かい震動となって私に響いてくる。死の寸前、一体どんな米兵が、私を捕えたのか？　どんな勇敢、機敏な奴が、私に最後の止めをさすのか？　死を覚悟した私は、せめてそれを確かめてから死にたい、と願ったのは、戦場で殺されるものの、せめてもの心意気とも言えることだ。私は静かに目をあけて、その敵を見あげようとした。

月が出て闇は去っていた。煌々と輝く月の光に、えがき出された敵の姿は、意外！　非戦闘員の通訳である、あの背の高い青い眼の、クレンショー伍長であったのである。彼の表情は固かった。彼はピストルを、固く擬したまま、

「歩け、歩くのだ」

と、強く低く言った。

私は動かなかった。彼は銃口で、背中を強く押した。銃口が冷たい。丁度、心臓のうしろだ。彼が引金をそのまま引けば、一瞬にして、私は全ての苦しみから解放される。だが彼は射たない。

「サア、歩け！」

私は、

「殺せ！　早く射て！」

と、底力のある彼の声に負けず言いかえした。

激しい問答が、月下にくり拡げられていた。殺気をはらんだ対話が、暫くつづいたが、何故か彼はピストルを発射しようとはせず、私の両足を縛った上、軽々と私を抱き上げて、彼の事務所へと運んで行った。

まったく情無いことになった。「勇敢な日本兵」も、散々なていたらくである。この上は、舌を嚙み切って自決しよう。脱走という罪をおかしたからには、軍法会議のうえ銃殺は免れられまい。

私は、通訳事務所の柱に縛りつけられた。興奮して、真っ赤になったクレンショー伍長の顔が、前にあった。よほど怒っているらしく、青い眼をつり上げて、

「死に損いめ！　お前は、罰あたりだ！　全く困った奴だ！」

と、盛んに英語で、私を罵っている。罵りながらも、私の体の土埃を静かにはらいのけ、有刺鉄線で擦った傷口に、ヨードチンキをぬっている。

やがて彼は、たかぶる声を圧し静めながら、こう言ったのである。

「アナタハ何故神ニ反抗スルノデス。スベテノコトハ神ニ委セナサイ。自分カラ死ヲ求メタリ、死ヲ急グコトハ、人間トシテ一番ノ罪悪デス。

アナタハ生キルコトモ、死ヌコトモ神ノ手ニユダネラレテイマス。神ノ恵ミニ……

神ノサレルコトニ逆ラッテハ、イケマセン……」

　彼が怒ったのは、日本兵の脱走に対してではなく、運命に抗して、ただ自殺行為に走る無謀な一人の人間に対する憤怒であったようである。この彼の憤怒こそ、神が彼を通じて、私に人間性を蘇らせようとした、啓示だったのかも知れない。

　彼に捕えられて、事務所の柱に縛りつけられた私をそのままに、やがて彼は何処かへ、姿を消した。一人私は、置きざりにされた。

　その夜、私は歯をくいしばり、まばたきもせず、伍長の言葉の数々を思い出しつつ、苦悩し続けた。彼の真意は何であろう……。だが、私の脳裏には、

「明日は銃殺だ！　殺される者にとって、神の言葉など無意味だ！」

という考えが、点滅するのだった。次第にふてくされてくる私は、わが身のみじめさに、やたらくやしく、無念さに泣かされながら、まんじりともせず、一夜をあかした。

　運命の朝、私が予期していたとおりＭ・Ｐの近づく靴音が、聞こえてきた。銃殺の時がきたのだ。私は真直ぐ扉を見た。今の私は死を恐れなかった。むしろ銃殺されることによって捕虜の汚名はそそがれ、戦死ということになるからであった。

「グッド　モーニング、ハーワーユー！　グンソー！」

それはM・Pでなく、昨夜の興奮の影もみえぬ、クレンショー伍長であった。

彼は私の手足を縛ったロープを、静かに解いた。……ロープを解いた後、射殺して死体をM・Pに、引き渡すのだろうか……そんな気配は少しもない。彼は私を自由にしたのみか、

「プリーズ　セダーン」

と、ていねいに椅子をすすめた。

彼の言うまま、椅子に身をもたせた。ロープがくい込み、赤くはれ上がった両手を静かに、さすっていると、彼は、私の肩に手をかけて、

「ユウベ一晩ハンセイシマシタカ？　私ノ言ッタ言葉ニツイテ、考エマシタカ？　私ハグンソーニ、大切ナコトヲ教エマシタ……。私ノ言ッタコトハ、グンソーガ捕虜トシテデナク、一人ノ人間トシテ、タイヘン重要ナコトナノデス……」

たどたどしい発音の、日本語であった。しかしその声は、私の父や母の声のように、温情にみちた言葉であった。

「アナタハ私ノ顔ヲミルト、スグ鬼ノヨウナ心ニナッテ、殺セ！　殺セ！　ト言イマス。ダガ私モ、米軍モ捕虜ハ殺サナイ。ジュネーヴ協定ニ基ヅイテ、大切ニ扱ウコトヲ知ッテマス。ダガココノ戦争マダ終ワッテマセンノデ、ヨクシテアゲタクテモ、イマ

ハソレガ出来ナイ。申訳ナイト思ッテマス。日本兵ハ捕虜ニナルコト恥カシイト信ジテイル、ソノ気持、私タチアメリカ人ニハ理解デキマセン。トクニアナタハ重傷ヲ負イナガラ、実ニヨク戦イマシタ。ソレナノニ、マダ死ヌコトバカリ考エテイマス。ソレガドウシテモ、私ニハ解リマセン。

モシアナタガ米兵ダッタラ、今迄ニ戦ッタ事実ダケデ最高勲章ヲイタダイテ、英雄ニナレルノデス。

ユウベノ脱走モ、ミツケタノガ私ノヨウナクリスチャンデナカッタラ、アナタハコロサレテイマシタ。米兵ニハ脱走兵ヲ殺サナケレバナラナイ軍規ガアリマス。殺セバ手柄ニナルノデス。

神ニ助ケテモラッタ生命ヲ、コレカラ大切ニスルノデス。

ヤガテ、戦争ハ終ワルデショウ。ソノトキコソ、日本ハアナタガ必要ニナリマス。戦争ニ敗ケタ日本ヲ誰ガ再建スルノデス。ソレカラ大切ナコトハ、実際戦闘ヲシタモノガ、ホントウノ平和ヲ知ルノデス。

アナタハ神ニ救ワレタコトヲ、忘レテハイケマセン……」

彼の言葉のすべてを、肯定した訳ではなかったが、私は素直にうなずいた。

彼は最後に話を、このように結んだ。

「アナタハ昨夜ノコトデ、マダ怒ッテイルデショウ。シカシ私ノ言葉必ズアナタノタメニナリマス。アナタハ何年カアトデ、私ノコノ話ニツイテ感謝スル日ガクルデショウ。

私ハ、ソノ日ノタメニ、アナタノタメニ、祈リマショウ。アナタガ生キテ日本ニ帰リ、生キテイルコトニ感謝スル心ニナレマスヨウニ……」

今思えば、その時すでに彼は私の将来を見通して、予言していたのである。現在ここにこうしている幸せを、あの時彼が真剣に、私に告げたことを思うと不思議でならなかった。彼と二人で、こうして月にまつわる思い出を、話し合う事ができるとは、偶然とか必然とかを超える一つの恩寵であるとしか言いあらわせないのである。

私はクレンショー伍長にそのまま放免されて、捕虜の仲間に帰った。M・Pや上官に通告することなく、彼は神の御名のもとに、私の脱走という罪を許したのであった。

その日から〝神〟という名に、多少なりとも関心を持った私は、敗残兵――捕虜――戦争と人間――神――、それらの言葉のもつ意味への様々の思索の葛藤が、内面にくりひろげられていった。心の呵責にかかわりなく、周囲は国籍を失った根無草にも似た、空しい捕虜たちの送る、かわりない日々であった。しかしクレンショー伍長に対する気持だけには、変化が生じていた。彼に敵意を抱くことは、不自然であるように想えた。彼を敵視することは、罪をおかすことのようにさえ感じた。

そんなある日、彼が私のもとを訪れて、

「日本語ヲ、教エテ下サイ」

と言った。私は困ってしまった。心の片隅では、彼を尊敬していたが、なんといっても彼は敵国人である。日本語を教えれば、敵方に協力することになる。そのような、日本人として恥ずべき行為は私に出来ない。

私は彼に質問した。

「あなたは何故、日本語を勉強するのですか？」

彼はこう答えた。

「私ハコレカラ、一生日本語ヲ勉強シマス。ソレハ〝戦争ノタメニ〟習ウノデハアリマセン。〝平和ノタメニ〟〝神ノタメニ〟日本語ヲ必要トスルノデス。私ハ日本ガスキデス。日本ノコトヨクシリタイノデス。大和魂ニツイテモ……」

彼は真剣であった。二日程たってから、私は彼に日本語を教えるが、そのかわり彼は私に英語を教えてくれるよう、言葉の交換教授をしましょうと申し出た。人のよい彼は、私を捕虜としてのみでなく、一人の日本人の友人として、交際しようとしているのであろう。だが私には、彼のような大らかな心持は、微塵も持ちあわせていなかった。英語さえ話せたら、たとえ米軍の真ッ只中に逃亡しても、彼等を攪乱させて、より甚大な被害を与えることも可能であろう。これはあくまで、日本兵として生き延びて、戦果をあげるための、語学習得である、と考えていた。

9 新たな虜囚

東京見物は、十八日から丸三日もかかったが充分ではなかった。翌二十一日早朝、一行は世田谷を出て、浅草から日光行きのロマンス・カーに乗った。途中宇都宮で下車した。駅頭には、私の報せで捕虜収容所で上原と名乗っていた君島をはじめ増淵・佐藤・渡辺・山崎の戦友たちが、待ちかまえていた。彼等との再会も、クレンショーをいたくよろこばせた。

かつてのアンガウル守備隊五十九連隊は、宇都宮駅の西北二キロの地点に兵営があった。更に、ペリリュー島で玉砕した水戸二連隊、千明大隊や、飯田大隊を送り出した高崎十五連隊を含む、歩兵第十四師団の司令部も、ここにあった。伝統ある、関東武士の本拠はここである、と私はクレンショーに説明した。外国人であっても、かつ

ての十四師団の戦歴についてくわしい彼は、

「フナサカさん、アンガウルも、ペリリューも、強いばかりでない、オソロシクねばりの強い、太平洋で一番テゴワイ、日本軍でした」

と、感慨深げであった。

一同そろって、大谷観音を見物した。その足で夕刻、日光市に到着したのである。

華麗な東照宮を、まぶしげに見あげたクレンショーは、

「フナサカサン、私、今から〝ケッコー〟使います……」

と言って、一同を笑わせていた。

私は笑いながらも「日光見ぬうち、結構言うな」の諺を、彼が知っていることに、内心舌を巻いていた。

多くの旧捕虜たちの、温かい心に取り囲まれながら、関東随一の名所、徳川幕府三代にわたる権力の象徴の、絢爛豪華な建造物、それをとりまく山水の美。名瀑〝華厳の滝〟、戦場ヶ原等を一巡した。何とかして彼に感謝をあらわしたいと願う、君島等の熱意と真心は、クレンショーとジョージア夫妻に通じない筈はなかった。

昭和十九年十一月初旬であった。

痛恨極りないことだが、この時すでにアンガウル島守備隊千二百名は玉砕し、その屍を島中にさらしていた。砲弾の破片を、頭にうけて斃れた戦友、銃剣を自分の胸に貫かせた戦友、水を求めて手をのべ、絶叫したままの戦友……いずれの屍も蛆虫に蝕まれ、なかば白骨化して腐臭を漂わせていた。

日光二荒神社にて。右端は君島氏。

占領した米軍は、急造し完全整備したアンガウル飛行場から、大型機をパラオ本島、コロール島に向けて飛び立たせていた。連絡がとだえたため、パラオ本隊では、いまだアンガウル守備隊は、抗戦を続けていると信じられていたが、実際には島の南部は、米軍の手によって平坦化され、比島攻略の重要な後方基地として、数十万の米軍が屯していた。

十月末頃までは、打ち揚げられていた照明弾が、ここペリリューの収容所からも、見えていたのだったが、今はすっかり止んでいた。

ある朝、

「モーニン、ハーアーユー、グンソー」

クレンショー伍長が、複雑な面持ちで訪れたのであった。

「グンソー、アタラシク、アンガウルノ捕虜ガモウ一人、ココニ送ラレテキマス」

私はビックリした。痛ましいニュースだ。

しかし、信じられないことだった。九月、十月、十一月と、あの激戦のあとを、三ヵ月も生き永らえたとは――。かつて私も体験した残酷な戦い、水一滴としてない地獄のような洞窟の中、玉砕に追いつめられていった炎の場……あの真っ只中にいままで、生きのびていたとは――。奇蹟としか思えないことだった。

新たに捕らえられたというその捕虜が、私のように悩み苦しむであろうと想像すると、彼にはこの苦しみを味わわせたくない、と思った。そんな仲間が、もうすぐ一人増すのかと思うと、淋しくもあった。

しかし、よくぞ生きていたものだ。彼の境遇を、まだ聞かぬうちから、同情する私であった。

「グンソー、アナタト同ジ島ノ日本兵デス。アナタニマカセマス。ヨク見テアゲテ下サイ」

二時間程たったとき、ゲートの方向でさわがしい人声がして、間もなくクレンショー伍長が、一人の捕虜をつれて、私の前に現われた。

「グンソー、コノ人デス。タノミマス」

だが、私はこの声が耳に入らないほどの強烈なショックを、うけていた。かつての私も、この兵と大差ない恰好であったかも知れない。

汚れた穴だらけの、手拭とも三角巾とも、見分けのつかぬ細い布で、かろうじて局部を、隠しているのみであった。垢にまみれた全身、背中から流れ出しているらしい、どす黒い血が、異様な褌にまで、浸みこみ、にじんでいた。まつげの長い、丸い目を大きくまばたきながら、やがてやって来るであろう、銃殺の時が刻々とせまるのを、すでに観念して待っているように見えた。

上唇がはれあがって、裂けていた。これは迫撃砲の破片による裂傷だ。後頭部から流れる一すじの血は、頭部盲貫銃創を受けているにちがいない。戦塵を油煙でぬりつめたように、無気味に光る皮膚の上に、血がしたたり落ちた。

その無残な姿に、私の眼も足も固着したように、動かなかったが、いつしか手をあげ、

「早く来なさい、ここに……」

と、呼びこむように手まねいていた。

「早く来なさい……」

私はほとんど無意識のうちに、自分のズボンを脱いでいた。

「サア、これを早くはきなさい。私のをあげるヨ」

彼にズボンをはかせながら、

「俺は一中隊の、福田です」

と、耳うちした。その兵は、驚いたように、私の顔をのぞきこんだ。二世と思い込んでいた疑いを解いたらしく、私と同じような声で、

「私は、大隊本部の、上原です」

彼は何ヵ月振りかで僅かな安堵を得たようである。私は、彼の負傷箇所を、調べた。背中には重傷を受けた、生ま生ましいあとが露出していた。脊椎すれすれにある二つの傷は、幾分肉が盛り上がってきてはいるものの、真っ赤にただれ、血がしたたっていた。その傷は、アンガウル玉砕戦の悲惨さそのものであり、又彼の生命力の強さを教えるものだった。傷には砂塵が、喰いこんでいた。私は傷の深さが気になった。

「こりゃ、ひどい……だが、運よく急所をはずれているね」

まず眠らせることが、何よりの薬だ。彼は背中が痛いので、横腹を下にして横になった。上原は三カ月ぶりの深い眠りに入っていった。

私は歩哨に、クレンショー伍長に話があるから、すぐ来てくれるよう伝えてほしいと言った。上原のために、彼に救いを求めねばならない。彼は歩哨から聞いたのであろう、ズボンを小脇に抱えて、現われた。

「クレンショーさん、上原の傷を見て下さい。入院させないと可哀相です。ベッドもない土間に、重傷者を寝かすのは非常識ですよ」

「グンソー、何とかしてあげたい。ベッドも、軍医の治療も考えよう……」

「たのみます、伍長……」

私は手を合わせたいほどの気持で、たのみますを連発していた。

だが彼は、

「すぐには、だめです」

と言って、残念そうに考え込んでいた。願いを叶えてやりたいと思ったらしいのだが、当時のペリリューの実態が、それを阻んでいた。

ペリリュー島を三日間で、手中に収めようとした、ルパタース少将の率いる米第一海兵師団は、上陸当時二万四千余の戦闘員で、攻撃を開始した。ガダルカナル島、ニューブリテン島など、奇襲上陸に成功した、歴戦の海兵師団であったが、関東軍の虎の子部隊十四師団の実力を軽視しすぎた。彼等はすでに緒戦において、西港上陸地点で数多の犠牲者を出し、勇猛をとどろかせた第一連隊も、その戦力をこの浜で、壊滅に近くうちのめされたのである。それから一カ月、兵力も一万七百人に激減し、島の攻撃段階を終了した。日本軍によって失った師団の半数の痛手を、新たにパプア島より、補充し編成を終わり、次期作戦である沖縄攻略に参加しようとしていた。そして十月十五日、占領段階を受け持つ陸軍部隊と、交替した。この陸軍部隊とは、アンガウル島を占領した、ポール・ミュラー少将の率いる第八十一歩兵師団で、私や上原を、そして後藤守備隊を玉砕に追いやった敵であった。

一方、勇戦奮闘を続け、ペリリュー島最高地の、一文字壕に頑張っていた中川大佐は、南征山北端の大山洞窟陣地に、本部を移動した。次第にせばめられてくる、米軍の攻撃軍勢に中央台地の主陣地は、水府山の一角を、占領されてしまった。だがこのあたりの地形は、天険、天然の洞窟に人工を加えた洞窟陣地であり、まだその数は二百余もあった。敵に包囲されたとはいえ、四百メートル平方の主陣地に立て籠る、日本軍千名余が最後の一戦に、満を持していた。

収容所から僅か千五百メートルのところに、中川守備隊が、次第に襲う飢餓地獄の中で、悪戦苦闘を続けているとは、その時の私は知るよしもなかった。

私が敵の飛行場爆破計画を立てたその辺りとそれ以南は、勇猛をほこる高崎十五連隊の、千明大隊玉砕の地であった。その飛行場から大山陣地までは、僅か千メートルである。その短い距離を、米軍の戦闘機は離陸した瞬間に、ナパーム弾の爆撃を繰返した。みどりの山肌は、とうにはぎとられ、ただ荒岩の台地が真っ黒くこげて、むき出し、ナパーム弾のすさまじい炎に、主陣地は一日中油煙に、むせかえっていた。

火攻めにあいつづける岩肌の下の、大山の洞窟では、戦友の死体にまぎれ、蛆を食って生き続け、なお勝利へ一縷の望みを抱く兵隊、玉砕を間近に感じとって、必殺に賭ける水戸二連隊と、飯田大隊の勇猛な闘志と、偉大な戦意がそこにあった。しかし、この嘆声を禁じ得ない、ペリリュー守備隊将兵の、勇戦がいかに壮烈であったとはいえ、孤立し既に包囲された戦いの、帰趨は自明と言わねばならなかった。

米軍は最後の総攻撃を準備していた。玉砕はもう間近に迫っていたのである。クレンショー伍長の「グンソー、今は無理です。すぐには出来ません」という言葉の裏には、このような事態があった。ペリリュー島攻略は、その時すでに制空、制海権を手中に収めていた米軍が、他のどんな上陸作戦にも見られなかった、約四〇パーセントもの最高損害比率を出していたものであったのだ。死傷者一万余であった。

事実、傷ついた上原に、軍医の診断を受ける余裕も与えられぬ程、米軍の野戦病院は、混雑を極めていた。多数の負傷者のため、軍医を一人でも多く、必要としていたのである。

その翌朝、天幕の片隅で、背を丸め頭を両手でおおい、盛んに苦悶している上原の姿が、目に飛びこんできた。咄嗟に私は、彼の背中の傷を思った。あの傷の中に、喰い込んだ破片が動き出して、その激痛に耐えかねている。

「おい上原！　どうしたのだ……背中が、痛むのだろう？」

もがき苦しむ上原には、その声も感じないようだった。

私は上原を励ましながら、想った。やはりクレンショー伍長より、頼る所はない。

「ヘイ　ユー、カムヒァ……アイ　ハブ　ビッグ　トラブル。ハーリアップ、コールミー　ドクター」〈おい米兵、大事件が起こった。早く医者を呼んで来い！〉

私は知っているかぎりの単語を縦につないで、クレンショー伍長より習い覚えた、米式の発音らしく怒鳴った。動哨していた歩哨は、意味を解したらしく「ＯＫ、ＯＫ」と、駆け出していった。

私が上原の体を、さすっていると、急いでやって来る足音が、聞こえた。ふり返ると、長身の伍長が体を丸め、大きな手をふって駆け込んできた。

いつもなら「どうした、グンソー」と、声を掛けるのを、押さえるように「何カアッタノカ……」と言った。

「上原が大変です」

丸くなって苦悶する上原の体を、指差しながら、多少オーバーかなと思いつつ、

「上原は死ぬかも知れない。早く助けて下さい。早く軍医を連れて来て下さい！」

と大仰に言ったが、自分の言葉につり込まれるように、あわててしまった。伍長も同じように、あわててしまい、

「一寸待ッテ、一寸待ッテ」

と、言い置いて駆け出して行った。

……うまく彼が、軍医を連れてくればよいが……。

やはり伍長は、私が信じていたように、上原を助けようとしてくれていた。彼は野戦病院に電話して、懸命に軍医を探していた。

「上原……何とかなる。苦しいだろうが、しばらく待つのだ……」

彼は、苦しそうに顔を上げた。何か訴えよう、としているらしいが、半ば開いた口は、それ以上開けることも、また閉じることも出来なかった。もがきながら手真似で、口の中が火が出るように痛い、ということを訴えようとしていた。私がそれをさとるまで、数分を要した。私はてっきり、背中だとばかり思い込んでいたが、激痛は、口中から起こっていたのであった。アンガウル玉砕戦のさい、米兵の投げた手榴弾が、

彼のすぐ近くで炸裂した。その破片の一つが、頭部にあたり、もう一つの破片が、彼の唇を裂傷させた上で、奥歯の歯ぐきに、つきささった。それが、昨夜から激しく痛み出して、上原を殺さんばかりに苦しめているのだ。それをこらえるためのウナリ声、顔面蒼白の額に、にじみ出た油汗を見ていた私は、思わず、

「神様、彼を救い給え！」

と、祈った。

……伍長が早く、帰りますように……。

……彼が軍医を、連れて来ますように……。

不思議な程変わった私の姿が、そこにあった。

やがて、滝のように汗を流しながら、クレンショー伍長は、急ぎ足で戻って来たが、その顔には、不安と淋しい影が、現われていた。何箇所も野戦病院を廻ったのだが、そのいずれにも、悲鳴や苦悶が充満し、必死に軍医を待ち受ける眼、眼の余りの多さに、ただもう驚かされるばかりであったという。

「グンソー、コマリマシタ。午前中ハダメデス」

この言葉は、上原に冷たく聞こえたかも知れない。しかし私には、伍長のやるせな

い心中が、解るような気持がした。

——ここで私は、この物語の主人公であるクレンショーの生い立ちを、記したいと思う。この時の彼の心境を、読者諸氏に知ってもらうためにも、又全篇を通じての人間クレンショーを、より深く理解してもらう上にも、重要なことと、信ずるからである——。

10 戦わざる志願兵

フォレスト・ヴァーノン・クレンショーは、一九一八年十月二日、米国テキサス州の、アランザス・パスという小港町に生まれた。父は大工であった。多勢の兄弟があり、家は貧しかった。

一九二九年以来、米国は未曽有の大恐慌に見舞われた。彼が十一歳の時、父親は不景気のあおりで仕事がなかった。どん底の生活が続いた。或る時などは、住む家もなく、ジプシーのように、テント生活が続くこともあった。父は一家の生計のため、遠く出かせぎに行った。彼は父のいない間、極貧の中の母の苦労を、身近くで見て育ちながら、物心つく頃から貧困の中に、豊かなものを求めようとした。利発で、清純な少年であった。彼が母の奨めによって、プロテスタントのチャーチ・オブ・クライストのメンバーに、加わったのは十二歳の時である。少年は人一倍熱心に教会に通い、清らかな心に神の言を、吸収していった。

神と共に生きる態度を、すでにその頃から、しっかりと身につけたのである。彼は又、親孝行な少年であった。学業も優秀であった。高校時代、成績も抜群であったが、一方フット・ボール、ベース・ボール、バスケット・ボール、トラック・ランニングなどのスポーツも、万能であった。十二歳から教会で求めつづけている信仰は、より飛躍し、その心も豊かに成長しつつあった。その頃の彼の願いは、苦労する母に、一日でも早く安心を与えてやりたい、ということだった。

十七歳の春のこと、高校を卒業する日の間近に迫った或る日、放課後にテニスをしているクレンショーを、見ている一人の人がいた。彼の利発そうな眼、長身でたくましい体を見て、ほれ込んでしまったようであった。

「オイ君、俺の会社でトラックの運転手の、アルバイトを探しているのだが……働いてみる気はないか……」

それを聞いたクレンショーは、よろこんだ。少しでも収入が得られれば、母がどんなに喜ぶだろう。家族のためにも、働きたいと願っても、この不況の時代には、なかなか叶えられないことだったのである。彼は感謝して、アルバイトをはじめた。運転の助手、上乗りと、それはなかなかの重労働であった。仕事が終わると、綿のように疲れた。しかも賃金は安く、一日のバイト料は、五十セントにしかならなかった。しかし彼はくじけることなく、その仕事を続けながら、一九三六年五月無事高校を卒業した。彼にとって今後、苦しくとも大学へ進学したいというのが、望みであった。彼が高校を卒業すると、運送会社は陰日なたなく働く彼を見込んで、正式に本社の運転士として採用した。

こうして五月から、一人前の運転士として働き出した彼ではあったが、向学の想いは断ちがたく、勤勉に働きながらも、決意してその年の九月、テキサス州のウェコウにある、ベイラー大学に入学した。彼は初志を貫き、勉学の道を選んだのであった。彼は猛然と勉強した。大学に入って、はじめてのクリスマス休暇に、彼は学友とともに帰省した。大学生となった晴れの姿を、両親に見せて喜ばせたいと、勇んで我家へと帰っていった。

しかし、彼を待っていたものは、冷酷な運命であった。一家のために、働き通した父は、病魔におかされて臥していた。病名はガンであると、医者は宣告していた。それだけではなかった。父に代わって家族を支えようとしていた兄が、その重圧にたえかねて、家出をしてしまった。重なる不幸のどん底に、無言で働きつづける痛々しい、母の姿があわれであった。

クレンショーは、再び大学に戻ろうとはしなかった。彼が戻っていったのは、前の運送会社であった。

彼はまじめに働き、以前にも増して成績を上げた。病気の父をはじめ、母と三人の兄弟、つまり五人の家族を養って行かねばならぬ責任感が、彼をはげました。彼の勤勉さは、生活のためばかりではなかった。彼は常に、神の意志のままに、働いたのだ。彼は身に余る苦しみ、予想しなかった災難は、神が与え給うた試練である、と信じて疑わなかったからである。

こうして青年クレンショーは、立派なドライバーとして、又精神的にはクリスチャンとして、次第に成長の段階へと入っていった。彼の真面目さが、人目につかぬ筈はなかった。彼が上役に認められたのは、一九三九年、彼が二十一歳の時であった。彼は抜擢されて、ヒューストンにある支店の事務員として、栄転した。家族と共にヒューストンに移住した彼は、更によく働いた。人の三倍も身を粉にして働き、勉強し、尚、神を崇拝することを忘れなかった。

一九四二年八月十八日、彼が第二次大戦参加のため、海兵隊に志願するその日まで、苦業をとおしての仕事への修業と、全ては神の御心によるものであると信じる、クリスチャン・クレンショーの、日々は続いたのであった……。

彼のこの経歴を考えると、私は彼に魅せられるのである。何故であろう……。この生命を助けられた、という恩義ばかりではなかった。それは彼の幼い日々に、私の幼い日々を、投影させることが出来るからである。

米国の不況のあおりを食らって、同じように不景気、貧困に陥っていた日本の農村に、私は生まれた。満州事変から支那事変と続いて、働き手の兄は、召集されていった。腰をかがめて農耕に従事する両親を、私は幼い頃から助けつづけた。四人の兄弟を育てる、苦労の絶え間のなかった母を想う私の心は、クレンショーの心と同じである。両親を助け、片時の間にも、勉強にはげんだ私を待っていたものは、軍隊であった。

私の生活環境は、クレンショー伍長程ではなかったにせよ、やや似通った苦しい生活を、生きて来たことは確かであった。

収容所に来てからの私が、クレンショーを敵としてでなく、一人の人間として、何とはなしに魅かれていったのは、その時は知らなかったが、生い立ちより生ずる人間性、とでも言ったものが、原因の一つとなっているのではないだろうか。

彼が上原の苦しみを目撃し、さらに私が哀願した加療が、彼の努力にもかかわらず、すぐ実現出来ない現実に、今の米軍の困窮した事情、その損害が、如何に甚大なのかが、私には解るような気がした。

残存する守備隊は、米軍に一斉に斬り込んだ。ペリリュー守備隊は、壮烈に玉砕した。

上原の苦しんだ日は、丁度その頃である。米軍にとっても、日本軍にとっても、大変な時であった。

クレンショー伍長は、その事態を二人に打ち明けるような事はしなかった。それだけに、捕虜である二人はそれを知ることは、出来なかった。

伍長は、先刻と少しも変わらぬ上原の苦しみと、合掌し神にすがる私とを見た時、

「グンソー、チョット待ッテ、何トカシマス」

と、再び駆け出して行った。

彼が、三度踵を返して現われたのは、それから一時間後であった。砂塵を立てて、ジープが戻った。ジープの上は、クレンショー伍長の姿だけだ。今度こそ、と期待していた私は、がっかりして全身の力が抜けた。伍長がジープをとび降り、駆け寄ってきた。

「グンソー、早ク上原ヲ連レテ、ゲートノ処ニアル、ジープニ乗セナサイ。私ガツレテイッテ軍医ニ見セマス」

そうだったのか——私は目頭が急に熱くなってきた。伍長は、

「早ク、早ク」

と、せき立てていた。

上原がジープで戻って来たのは、午後であった。あれから三時間は経っていた。上原を連れて帰ったクレンショー伍長の顔は、晴れやかだった。大きな責任を果たしたあとに見られる、明るい表情であった。上原の顔にも、苦痛の影は少しも見られなかった。すっかり元気を取りもどした上原は、早速先程見てきた、米軍野戦病院の完備した、医療器具やその状態を、話していた。彼がこれ迄知っていた野戦病院は、アンガウル島の吹けばとぶような、ニッパ椰子の病院や、戦闘が火ぶたを切ってからは、天然の洞窟の薄暗いそれであった。そこで治療を受けている負傷した米兵の行列に入った。彼等は口々に、上原が捕虜になるまで闘った勇敢さを、讃えたという。

それから連日上原は、ジープで送迎された。運転士はジオギスン一等兵で、上原の当番兵であるかのように、よくしてくれた。これもクレンショー伍長の配慮によるものだった。四日たって、治療は完了した。上原の話によれば、軍医は親切で、歯ぐき

に入った破片を摘出した上、砕かれた歯の上に、御丁寧にも金冠をかぶせてくれたと言う。

そんな話を聞いていると、私も横腹に入っていて重く感じる破片と、左腕の中で絶えずうずいている破片を、摘出してもらいたいような衝動にかられた。

その時から二十六年経たいま、上原の口中には、クレンショー伍長の行為の象徴の金冠が、当時のまま残されている。上原兵長は、「上原敏」と名乗っていた。当時の人気歌手の名前である。福田と雑嚢にあった名前を、そのまま名乗った私同様、……どうせ殺されるのなら、米軍の奴に本名など、知られてたまるものか!……という、当時の日本兵捕虜かたぎであった。

これも又戦後判明したことだが、上原は私と同じ大隊で功績係の事務を担当していた、君島悳彦《としひこ》兵長であった。彼の本職は、国鉄の助役さんであるという。それを改まって聞かされたとき、私はけっして驚きはしなかった。かえって彼を、男らしく、たのもしいと感じた。

現在彼と私は、戦友として親戚同様の交際をしている。彼がまた私同様に、クレンショーを尊敬しているのは、言うまでもない。

上原の背中の傷は、うすいかさぶたが張りはじめていた。

「おおい、軍曹！　いつまでも殺さないね、生きている間に、ベッドがほしいね！」

土間に敷いてあったボール紙には、人の汗と油がしみ込んで、よれよれになっていた。

二人には、これと言う仕事もなく、あるものといえば、捕われの身の屈辱だけである。その日、島には常になく、銃声が起こらなかった。

昭和十九年十一月二十七日、ワトソン大佐はミュラー師団長に、大山総攻撃完了、関東軍玉砕、ペリリュー島作戦終了の、報告をしていた。

まこと米軍にとっては、九月十五日以来、七十四日間にわたる、長く苦しい戦闘であった。緒戦にこの島を攻撃した、第一海兵師団は、遂にその戦闘力を失って退き、彼等と交代して掃討戦を引き継いだ、第八十一歩兵山猫師団も、甚大な損害を出した。

「日本軍は、我々に抵抗力の最後の一オンスまでしぼりだし、戦勝した米軍に、最大の損害を強要した。この島の戦いは、これまでの如何なる戦いとも質を異にし、玉砕したとはいえ、その戦訓は日本全軍を、有利に導いた」と、海兵隊戦史には記録された。又、八十一師団戦史には「高価な戦いであった」と、日本軍歩兵第十四師団の善戦を讃える文字を、刻み込んだ。

ペリリュー戦闘終結のことは、捕虜である二人に教えられる筈はなかった。しかし、その夜、クレンショー伍長は珍らしく、鼻歌まじりで現われた。

「ハロー　グンソー、英語ノ勉強デス」

愉快そうなその表情に……何事か大きなハプニングがあった？　それも米軍にとって、吉《よ》い報せが……と、私は感じとった。

「おい！　上原。英語のレッスンだとさ」

私が声をかけると、上原は、

「今日は、何となく頭痛がしてね……」

と、気乗り薄である。それは暗に……ペリリュー守備隊は、全滅させられたかも知れないゾ……と、言っているようだった。

勘のいい伍長は、いちはやく二人の気配を察したのか、

「今日ハ米軍ノ軍旗祭デス。今晩パーテーガアリマス」、それだけではなかった、彼は大切そうに、抱えて来たケーキの箱を、上原におしつけた。クレンショー伍長は、憎しみや、悲しみの隙を、二人に与えようとはしなかった。

「今晩ハ、英語ノ勉強休ミマショウ。ソノ代ワリ、私ノ話ヲ聞イテ下サイ」

傷心の二人を癒すように、親しげに話しかけるのであった。

彼はマリーンの制服の、大きくヒダの入った胸ポケットから、大事そうに一枚の写真を取り出すと、自慢そうに美しい女性の姿を見せつけた。

「私ノ奥サンデス……ジョージア・プレジュス、トイイマス」

それは、見れば見るほど美しく、優しく、彼にふさわしい女性だった。

「コリャすごい！　べッピンですね！」

上原のとびきりの形容詞は、残念ながら伍長には、通じなかった。

「グンソー、べッピン、ドウイウ意味デスカ？」

「べッピンとはネ……」

「スペシャル　ビューティフル　ユアー　ワイフです。べッとピンを切り離して考えなさい。べッは特別のべッです――ピンは美人の略語です。米国人は美人の写真を、ピンアップするでしょう。あのピンです。そう覚えるのですね……」

おかしな説明かも知れないが、こういう説明が、彼にはぴったりなのだ。

「OK、OK、アイ　アンダースターン　サンキュウ」

彼は新語を、すっかりのみ込んでしまった。そしてロマンスの話が、続けられた。上原と私の二人は、ここでこうした蜂蜜のように甘い話を、聞かされようとは！　想像も出来ないことだった。彼が彼女に、一目ぼれした日が、面白い。その日は一九四一年十二月七日、日本が真珠湾を攻撃した日であるという。米国人が「リメンバー・パールハーバー」と叫んだ頃、クレンショーは「リメンバー・ジョージア」と叫んでいたのだろう。

その日クレンショーは、真珠湾空襲のビッグ・ニュースに興奮して、弟と話し合いながら道を歩いていた。すると向こう側から、空軍中尉が一人の美しい女性とつれだって、歩いて来る。女優のように美しい女性だった。そしてその女性のナイーヴな雰囲気は、彼が教会で祈るとき、

「神様、このような女性がいましたら……どうぞ……」

その祈りの中に住む女性と、同じであった。彼の鼓動は高まった。そして思わず、傍の弟に、

「俺はあの娘《ひと》と、必ず結婚して見せるよ！」

と言った。

彼女はヒューストンにある電話局に勤める、交換手であった。生まれついての美貌に、利発と教養が加わり、数多くの男性の注目の的であったという。

その日以来、クレンショーは青春の血をたぎらせながら、一心に神に祈り続けた。

雨の降った或る日、彼は彼女がいつも降り立つ停留所に待ち、さりげなく傘を貸し与

えた。彼の真心を素直に受け入れてくれた彼女は、彼が申しでたデートの約束も、心安気に承知してくれた。一九四二年四月二十一日、この日はサン・ジャセントで、メキシコ軍とテキサス軍が戦い、テキサス独立を宣言した記念日であった。そして神のあやつる糸によって、クレンショーとジョージアが出会い、感激のデートをした記念日でもあった。

彼女は、クレンショーの誠実と温かさと、十二歳から培われた一途な信仰心に、次第に魅かれていった。彼女もまた、熱心なクリスチャンであったから、意気投合してゆくのも、当然であった。神を知るもの同士の愛情は、一見静かに見えようとも、深まりゆく速度は、早い。そして固く、相思相愛の愛情の絆は、結ばれつつあった。二度目のデートは一週間後の日曜日であった。クレンショーは、ジョージアを教会に伴い、神の言を聞きつつお互いに、その輝かしい将来を誓い合ったという。

クレンショーは、家に帰るや、弟に、

「私は、近く結婚するヨ、いつかのあの娘《ひと》とね！」

「あの美人と……？　ほんとうに兄さんが……」

眼を大きく見開いて、驚いた弟は、

「立派な姉さんができる……嬉しい！」と、小躍りして喜んだ。

勃発した第二次大戦は、日本軍優勢のうちに拡大していった。米国中に漲っていった〝黄色いならず者を、やっつけろ！〟の叫びに、興奮した若者達は、続々と戦場へと出ていった。クレンショーの兄と二人の弟も、志願兵として入隊した。だがクレンショーの会社は、軍事工業に関係していたので、志願の対象とはならなかった。しかし彼も、多くの若者と同じに、国家の危機に際しては、自ら銃を執り戦うのが男児の本懐という信念があったので、ジョージアに求婚した直後ではあったが、意を決して志願兵としての手続きをとった。

戦局は更に、米軍、連合軍にとって、不利となっていった。破竹の日本軍は、遂にフィリピンを占領した。米海軍は、続くミッドウェー海戦で奇蹟的な大勝を得、海兵隊はガダルカナル上陸を企てていた。

ジョージアに求婚したものの、結婚は入隊前にすべきか、又は除隊後にすべきかと、彼は悩んだ。入隊までは、あと一週間しかなかった。戦争のある世代に生を享けたのも、一つの神の試練ではなかろうか……そう思った時彼は、挙式することに決意した。

その日は、八月二十二日……。

戦争さえなかったら、二人は甘いハネムーンを終え、楽しい新家庭を創ったであろう。しかしこの若い二人を待っているものは、サン・ディエゴにある、海兵隊軍事訓練所入隊式であった。結婚式の翌日、クレンショーは入隊した。米国の海兵隊は、海軍所属の陸上戦闘専門部隊で、これは日本海軍陸戦隊と同じ性格のものだが、彼等は攻撃をもっとも得意とし、上陸作戦が主であり、その激しい闘魂は有名であった。

クレンショーはここで、日本兵を如何に攻撃するかを、三ヵ月間、いやと言う程叩き込まれた。——最愛のジョージアを、考える隙も、暇もないくらいに——三ヵ月間の徹底した初年兵教育は、クリスチャン・クレンショーを、殺人技能者に変えつつあった。激しい訓練は、男として当然の試練であったが、……銃をとり、敵を殺すことは心から信ずる神への冒瀆ではないだろうか……この考えは、絶えず彼の念頭から去らなかった。

教育が終わると、新兵たちは押し出されるように、前線に運ばれていった。しかしタイピングに堪能な彼は、部隊に残留、事務室勤務を命ぜられた。前線への出発は、多少延期されるかも知れない、たとえ僅かな間でも、妻と一緒に暮らしたいと、ジョージアをキャンプに呼び寄せた（たとえ入隊したばかりの一兵卒でも、妻帯者なら特別のキャンプに住むことが出来るというこの規定は、我々日本軍人には思いも寄らぬ規定であった。日本の軍隊では、古参曹長以上にならないと、営外居住権は与えられず、ましてや妻を呼び寄せることなどは出来なかった）。

ヒューストンの電話局にもどって、再び勤務を続けていたジョージアは、その報せを受けて、神の特別の御恵みと、涙をたたえて喜んだ。

一たび前線に出てゆけば、再び戻れるかどうかわからない海兵隊員としての、クレンショーであった。ジョージアとの新婚の夢は、甘く、又戦局の推移の激しさと共に、愛情も激しく深まって行った。

数ヵ月して、彼は又新たな命令を受けた。「八十一ミリ曲射砲部隊に転属」とあった。再びジョージアと別れ、彼は、新設部隊に入隊した。しかしこの転属が今後の彼の運命を、大きく変え、同時に彼が一人の日本人、舩坂を知る因となるのである。

彼はそこで、その曲射砲部隊の中に、〝日本語教習所〟が、あることを知った。しかも入所試験の日が、間近に迫っていた。それを知った彼に、ほとんど天啓的と言ってよい程の考えが襲ったのであった。

……日本は強いが小国である。せまい国土に、石油資源の少ない国が、この戦争に勝てる訳がない。やがて、米国は勝つだろう。そうなったら、その時もっとも必要なものは、日本語かもしれない……。

……しかも日本語をマスターすれば、通訳になれる。通訳は非戦闘員だ。銃をとって、人を殺すことが避けられる。出来ることなら、人間同士の殺戮はしたくないと考えていた彼にとっては願ってもないことである。

教習期間は、九十日とあった。たとえ九十日間でも、ここで日本語を勉強すれば、その間又、ジョージアと一緒に暮らせる。ジョージアのためにも、是非そうしたい、と願ったのであった。入所試験には合格した。そして、ジョージアと二人、限られた新婚生活を満喫した。初めて習う日本語は難かしかったが、すぐれた記憶力と熱意でよく勉強した。ジョージア夫人の激励もあった。彼は、次第に日本語というものに、

ペリリュー島でのクレンショー中尉。
戦争が終わって、帰還を前に。

愛着を感じていった。三カ月では、習得不充分であったので、そのうえ更に三ヵ月、日本語教育期間は延長された。

やがて、二人に別れの日が訪れた。彼は出動命令を、受けたのである。妻のジョージアは、ヒューストンの両親の許に帰っていった。彼女は身籠っていた。よろこびの日を前にして、日々神への感謝に、明け暮れていった事は、言うまでもない。

一方、一日も早く習得した日本語に物言わそうと願う、クレンショーを待っていたのは、部隊の乗船地であるサン・ディエゴ・ペンドルトンである。いよいよ待望の第一戦に向かおうとしていたクレンショー一等兵は、急遽ハワイ陸戦隊本部付通訳として赴任するよう、命令を受けた。一九四四年の新年を迎えて間もない日であった。英和、和英辞典をしっかりと胸に抱いて、勇躍彼が、シー・ランナー号に上船したのは、その年の八月二十一日であった。ルーター曹長に会ったのも、その時である。待ちわびていた、前線出動である。日本軍の奇襲の傷痕も生ま生ましいパールハーバーを発って、太平洋の怒濤にもまれること三十日、ようようホーランジアの港に、船は、錨をおろした。しかし、下船する暇はなかった。再び錨をあげ、一路パラオ諸島へ向かおうとしていた。疲れた彼を癒してくれたものは、港に届いていた愛するジョージアからの、三十通もの便りであった。その中には、長女カロリン誕生の吉報を伝える便りも、含まれていた。

クレンショー伍長の話は、ながながと続いていった。時々適当な日本語が判らず、彼がつっかえてしまうと、私と上原が助け舟を出した、クレンショーが、

「ジョージアの、お腹がふくれて来た」

と言う。私は、

「シー　ハブ　ベービー　インサイド　ハー　シタマック！」

と棒訳する。すると上原はそのあと続いて、

「奥さんは、妊娠した」

と、教える。まんじどもえの珍妙な会話であった。しかし楽しかった。三人の戦友が、懐かしい思い出話に、お互い耳を貸し合っているような、温かさが交流した。同じく妻帯している上原にとっては、クレンショーの妻に対する愛と努力は、身につまされ、しんみりさせられる話であったろう。独身の私にとっては、彼が日本語を勉強したきっかけや、私が脱走したさい何故彼が私を殺さなかったのか、この天と地の間における不思議な邂逅と、運命の奇しきはからいを、感じるのであった。

ペリリュー戦は終結した。間もなくペリリュー島、そしてアンガウル島からも、連日捕虜が三々五々と、送られて来た。アンガウル島からは、第二中隊長佐藤中尉をはじめ、小林軍医等、ペリリューの方では、恩地軍医、藤井少尉、近藤少尉、栗原曹長等がいた。またたく間に、収容所は五十名を越え、両島の捕虜収容所として、複雑を極めた。したがってクレンショー伍長や、隊長のライト中尉の責任は重くなり、二人は私の顔を見ると、

「グンソー、よく世話して下さい」

と、懸命であった。米軍の捕虜になったとはいえ、鉄兵として鍛えぬかれた十四師団の集団であった。勝手の違う日本兵の面々に、もし反抗されたり、あばれ出されたらと、不気味であったに違いない。

やがて、将校の一団は、ハワイへ送られた。そして更に、米本国へと送られた。次は下士官たちが、その後に続いた。負傷者は、それぞれ別の島へ送られて行った。

この時、あとに残されたのは、十名ばかりの下級兵士であった。私は重傷者が送られる時、当然その中の一人に含まれると、予期していた。しかし何故か、私は残された。上原も残留組の一人であった。かげにクレンショー伍長の奔走があったのかも知れなかった。お寺さんを生家に持つ君島の言う「仏縁で残されたのだ」とでも考えなければ諦められないようなことが、このあと、残された捕虜の身に起こったのだ。だが仏縁説を述べた君島自身、そのことを予想した訳ではなかったのだ。

11 不幸な味方撃ち

　日光から夜行で東京に帰る途中、

「明日からは、関西方面に御案内致しますが、もしお疲れでしたら、一日休みましょうか？」

　と、私は気を使ったが、

「ケッコーです。休まなくともヘイキです」

　眠そうな眼付で、答えていた。

「では、羽田から大阪まで、飛行機で行きましょう。四十五分で行けますから……」

「フナサカさん、ヒコーキよりも、シンカンセンに乗せて下さい。シンカンセンは、米国人の憧れの的、なのです……」

と、意外な事を言う彼であった。我が国の国鉄のほこる新幹線は、すでに米国にまで、その名を、馳せているようだった。

翌二十二日、今度は私の妻のナオエも加わり、〝ひかり号〟で、東京を発った。ゆるやかに走り出したかと思われたが、またたく間に郊外に出、スピードは飛ぶようにましていった。

グングン迫ってきた、フジヤマを眺望した時の、彼の喜びは、私たちの想像を絶するものだった。

やがて、千二百年の昔の平安遷都から、明治維新にいたるまで、日本の中心であった京都……その関門京都駅へと、〝ひかり号〟はすべりこんだ。京都駅前から見える、何の変哲もない、街並のたたずまいを眺めるだけでは、途方もない都の歴史を、探ることは出来ない。書店経営主である私の説明は、まず書物から始まるのだった。「源氏物語」「枕草子」「和泉式部日記」などの、一連の王朝文学や、芥川龍之介の「羅生門」の舞台となったのはこの都であり、「大鏡」や「栄華物語」などに現われる、庶民の生活や、政治の葛藤はここにあった史実である、などと語りながら史跡めぐりを続けていった。史跡は全く彼を驚かせるに足るものばかりだった。桓武天皇の時代、延暦三年と言えば、西暦七八四年、その年代に考えを及ぼすことすら信じられない程のいにしえに、すでに建造されたという社寺の豪壮さ、そしてその建築物の内部を華麗に彩る襖絵、欄間の精密な彫刻、その上それらを見事に引きたたせる庭園の造形美、……こうした社寺が、主要なだけでも五十を越えるのであった。

運のよいことに、毎年四月一日から五月十日までの〝都をどり〟に、私たちはちょうど出くわした。それを観賞するために、京都で有名な美術書出版社の光琳社の中島社長が、親切に私たちのための案内役を買ってくれた。街の有名人である中島社長の案内は、勝手のわからぬ私と違って、誠に手慣れたものだった。

華やかに京芸者たちが、揃いの美しい衣裳をまとい、花扇を手に、日本独特のお囃子にのって、さす手ひく手もあざやかに、舞台一杯に踊をくりひろげるのだった。ぬれたように光る日本髪、白い襟足、京紅で彩られたあざやかな唇、重たげにひるがえる和服の袂、にぶくかがやく西陣の帯、これは日本人の私にとってさえ、優美さを感じさせてくれるものである。舞台に出る人、退く人、すべての踊手が、毎日激しい習練をくり返し、しかも大勢の中より選ばれたと言うだけに、板にすいつく足運び、指先一つの動きにも、格調高い豊かな芸術性があふれ、見るものの魂を、うばってしまうのだった。

〝都をどり〟が終わると、一行はお茶席に招かれた。茶室では、先程踊ったと思われる、芸妓や舞妓が、美しく正装して、お茶を点ててくれた。

よろこんだクレンショーは、

「あなたが、ほんもののゲイシャ・ガールですね……」

と、舞妓に話し掛けた。

すると舞妓は、達者な英語で、

「お茶はいかがでした。よろしかったら、もう一杯どうぞ。来年も又お越し下さい」

と答えて、クレンショーをびっくりさせた。面くらった彼は、京都芸者の教養を、見直したようだった。

――茶碗を左手のひらにのせて――二回手前に廻して――正面をよけてお茶をのみます――その頃、ジョージアは、妻のナオエから〝インスタント・ジャパニーズ・ティー・マナー〟を習っていた。作法通り茶を喫する、ジョージアの姿には、他の外人女性に見られぬ、奥ゆかしさがあった。

「大変ケッコーでした……」

これも教えられた、作法である。

彼女は〈このお茶の味は永久に忘れない〉と言った。

京都での二泊は、楽しく過ぎた。つつがなく見物は終わったのだったが、ただ心残りに思ったのは、京都の桜のことであった。

桜は、古来から日本人に最も親しまれた、日本の代表的な花である。〝桜の季節に、日本に行きたい〟と、彼がかつて便りで知らせて来た言葉が、私の脳裡から消えなかった。だがいかにせん彼の到着したのは、四月中旬、桜の時期の終わった直後であった。東京の新宿御苑で、わずかに散り残った桜を、彼に見せただけの私は、由緒ある京都の桜の名所、今宮神社のやすらい祭、醍醐の桜会、御室の桜、京都御所などの見事な桜の美しさを、彼に見せることが出来なかったのが、残念でならなかった。

「サクラが日本人のココロの花であると聞きます。サクラの魅力の秘密は、どこにあるのですか」

そう質問する彼の心の中には、かつて戦場で彼に向かって〝桜の花のように散りたい〟と言った悲愴な私の決意が、あの時の彼の心に、強く印象づけられて、いたのではないだろうか。

翌日四人は、大阪城の天守閣にのぼり、首をのばして「なにわ」の、遠い歴史をのぞいていた。京都とはまた趣きを異にした印象であった。

大阪城で半日を過ごし、そこから、「大阪歌舞伎座」を訪れた。これは、クレンショーの要望によるものだった。ここに出演している名優、市川中車さんのお嬢さんが、彼と同じダラスに住んでいて、彼が来日するのを知って〝元気で暮らしています。安心して下さい〟と、ことづけをしてくれるよう、依頼されたという。如何にも彼らしい、きめこまやかな親切心で、はるばるここを訪れたのであった。わずかの幕間に、楽屋で市川さんとお目にかかる事ができた。談笑する二人を見ている我々にも、温かいほのかな人と人との、心のふれ合いが、しみじみと伝わってきて、目頭に熱いものが、感じられる一時であった。

大阪に一泊、翌日、神戸と六甲を廻った。その足で、古事記にある〝大和の国〟奈良へと向かう。千年の伝統を持つ古都は、〝大仏様〟と〝鹿〟と〝古美術〟で、世界的に有名であると、彼は自慢そうに私に話して聞かせるのだった。ここでは、二泊を予定した。

わが国最古の文化の発祥地として、また、まつりごとの中心地であったことを物語る、石器時代の遺蹟、旧蹟、帝陵、古墳などを、私たちは巡っていった。六世紀のはじめ、支那南梁の司馬達等が、仏教をわが国に伝えた。その後五十年して、聖徳太子がこれを広めた。太子の建立したと言われる、飛鳥七大寺。この時代こそ、日本の美術史上に、最初の曙光を放ったときである。飛鳥芸術は、中国大陸を背景にして、遠く印度、ペルシャ、ギリシャにまで、関連性がある。クレンショーは、私のこうした説明を、丁寧に聞き入りながら、彫刻美の極致と言われる、数多の名前さえ覚え切れない木彫の見事な仏像、一つ一つに魅せられ、魂もうばわれてしまったかのように、深いタメ息の連続であった。

彼が、ポッツリと語りかける。

「こんな古いブッダの国が、ナゼ戦争を好むのでしょうか」

「あなたがこうして今ごらんになっている、古き良き国、つまり日本の歴史を守ろう、とする民族の心が、そうせざるを得なかったのです」

奈良にて。クレンショー夫妻と著者。

「解ります。デモ何故、ブッダの教えを守る日本人が、戦場で好んで、玉砕するのでしょう。ソレがわかりません」

「それは、キリスト教信者の多い米兵でも、時には日本兵以上の残虐性を発揮したのが、戦争でしょう。宗教と戦争とは、直接の関係はありません。やはり、一国の為政者や指導者の考え方、それに同調する市民が、問題ですよ……。日本兵が、太平洋の孤島で激しく抵抗し、玉砕していったのは、それぞれの島で敵を食い止めないと、米軍はやがて日本本土に上陸する、本土決戦となれば、東京も京都も奈良も、破壊されてしまう。つまり日本の歴史と、伝統を侵されたくない、という信念が、前線の将兵一人一人の心の中に、生きていたと言えましょう。私たち日本人の愛国心が、アメリカ人よりも、歴史が古いだけ強力だったことは、アナタも解るでしょう……」

「ハイ、ダンダン解って来ました……フナサカサン、アナタが〝コロセ！〟と言ったこともです……」

京都、大阪、奈良の旅は、クレンショーを次第に、変えて行きつつあった。かつて彼が目撃した勇敢な日本兵、その日本兵が生まれ育った、日本の歴史を実証するこれらを見た今、彼の心に新たに起こる感懐は、どのようであっただろうか。

奈良ホテルは、キャンセルであいた部屋をようようとることが出来た。私どものことを知って無理に計らってくれたらしい。

ボーイが、改まった表情でふりむいた。

「このお部屋は、昔天皇陛下が御宿泊遊ばされたことがあるそうです。ここが空いて、よろしうございましたナ……」

と、意外な部屋であることを、教えてくれたのであった。世が世なら……戦中派の私は、その言葉に思わず、襟を正し身のひきしまる想いにかられた。

「ジス　ルーム　イズ　エンピリアル　ユーズ　オールド　タイム」

と私は、ジョージアに伝えた。変な英語であったが、彼女には通じたらしい。

彼女は、その青い眼を大きく見開き、外人特有のゼスチャー、肩を一寸あげ、両の手をパッと開いて、

「ベリー　グー、アイ　アム　ハッピー……」

と、よろこびをあらわした。

クレンショーはすでに、ボーイの説明で、わかっていた。興奮して青い眼を一廻り大きくして、

「フナサカさん、スバラシイ！　ラッキーです」

と、大変な喜びようであった。

私たちは、総檜の高雅な造りを、如何にもふさわしいものと眺めながら、偶然の幸運に、大きなよろこびを感じていた。

ジョージアは、旅装を解こうともせず、インスタマチック・カメラの閃光を、部屋中にまき散らしていた。

「アイ　テイク　ピクチャー　フォー　マイ　ボーイ」

その夜私の話は、再び天皇制へと、触れていった。心の底から、かき立てられるように、戦時下将兵たちが〝天皇の赤子として、一命にかえて忠誠をはたした〟ことの意味を、より深くクレンショーに、納得してもらおうとしていた。

「アナタハ何故、テンノウノ為ニ、死ノウトスルノデスカ……」

と、戦場で彼が問いかけた言葉が、心の中に食い入っている。東京見物のさい、二重橋のたもとで、立ちづくめに語るには語っていたが、このように、天皇の御宿泊なされた部屋に、起居できる不思議な因縁が、私の感情に拍車をかけ、話す言葉に熱が入るのであった。クレンショーも、私の話を自然に受け入れてくれた。

静かに、静かに奈良の夜は更けていった。

クレンショーが、珍しく、

「グンソー」

と、重々しく呼び掛けた。

「二人だけで、話したいコトがあります。ダイジなハナシです」

私はフト気になった。東京に来てからのクレンショーは、呼び掛けのさいは「ミスター・フナサカ」あるいは、「フナサカサン」と、呼んでいたからだった。

「ロビーに行って、ハナシがあります」

彼の表情は、いつもに似なかった。めったな事では、その表情すら変えぬ人である。落ち着いたムードのロビーには、雑談するためのテーブルと椅子が、幾組か、行儀よく配置されてある。

「ココが、イイです……」

彼は私に、グンソーと呼びかけて以来、グングン私を、リードしていた。

「プリーズ　セダン　ヒヤー」

「イエス」

彼が、私のわかる範囲の英語で、話しかけるときは、私も英語で返事をしていた。

「グンソー」

と、クレンショーは再び、よびかけた。

「私はいつもソノコトで悩んでいます。残念でならない。アレカラ二十年たちますが、コノコトは一日も忘れることが出来ません。イツモ神様にソノコトについて祈っています。聞いて下さいグンソー」

彼はここまで言うと、突然両手で頭を、かかえこんだ。

「私は、二人の日本の捕虜が、日本兵に殺サレタのを、目撃しました。何というカナシイコトなのでしょう……」

彼の眼に、熱いものがにじんでいた。私は、話が話だけに、思わず身を乗り出していた。

「戦争中です。そんな話は、どこの戦場でもありました。あなたが、日本の捕虜を殺したというのなら兎も角、殺さないあなたが、そんなに悩むのは、どうかと思います。サアその話を、もう少し詳しく話して下さい！」

悩んでいるクレンショーを、今度は私がリードする番だった。「捕虜が殺された」とは、捕虜の世話係であった彼にとって、責任問題となったかも知れない。そのための悩みとあれば、解らぬでもない。が、当時の二人の捕虜とは、一体誰と誰だろう。ペリリューに収容されていた日本兵の捕虜……私は記憶を懸命にたどって、一人一人の顔や、名前を思い出そうとした。その二人は、私のグループの中にいただろうか。もしそうなら、責任は私にもある。

私は、ただごととは思えない彼の苦悩を、ただ単にクレンショーだけの、責任にしたくないと願った。いずれにしても、最後まで彼の話を続けさせなければならない。

「クレンショーさん、戦争という次元の違う、非人間的なものが、二人を殺したのです。私の話も、聞いて下さい。……アンガウル島では、米軍が米軍を誤爆しました。

艦砲射撃による誤射が、どれくらい同士討ちをしたか知れません。現に、私はそれを目撃しました。私の推察だけでも、数百人の同士討ちが、確かにありましたよ……」

これは事実であった。戦後彼等の公刊戦史にも、

「島が狭隘のため、幾度も誤爆、誤射があった」

と、述べられている。

話を引き出そうと懸命に、実例を上げてゆく中に、クレンショーの重い口も、ようやくほぐれて来た。

「グンソー！　アナタが私に、日本の捕虜に白米がホシイ、と何度もタノミマシタコト、おぼえていますか？」

「ハイ、忘れません、忘れられません」

「アノ時、サイパンから米をさがして、アナタガタに、あげましたネ……」

「ハイ、そうでした。いつも感謝しています。よく探して下さいました。あの米のために、どんなに助かったかわかりません。御恩は忘れません」

「グンソー、実ハ、……アノ米をサイパンに探しに行く前のアル日、私はアナタの熱心ナ願いと、アナタが同じ仲間の捕虜のために、ドウシテモ白米がホシイ。自分は食べなくとも、仲間のために……と言うそのコトバに、私はカンゲキしました」

彼の話は、二十年前の再現となっていった。

「私は、アナタのその温かいコトバを、ドウシテモ叶えてあげたいと思い、私の隊長のライト中尉に、相談しました。隊長の命令がナイと、私にはドウニモナラナイ。スルト人情の厚い隊長は、スグ許可しました。ソノ頃、ペリリュー島の北部に、退却する日本軍の遺棄した米があるという情報が入りました。私はヨロコビマシタ。アナタの願いを、叶エテアゲラレルカラでした。

「ソノ頃、島の北部は米軍が占領して、日本兵は、一人モイマセンデシタ。ライト隊長と私は、米を探しに出発シマシタ。ソノ時、米をタクサン運ぶには人がイリマス。米兵はイソガシイので、二人の日本兵の捕虜を連れて、四人でジープに乗って、島の南から、西をマワッテ、北の山に行キマシタ……」

——私は、彼の今迄の説明を、頭の中でまとめていた——。

ライト中尉、日本兵捕虜二名と便乗した彼は、白米探索にジープで出発した。飛行場の東南にある収容所から、西海岸の千明大隊玉砕地であるアヤメ、クロマツ陣地附近を通り、イワマツ、イシマツ、モミ陣地の海岸近くに、米軍が急遽造った自動車通りをひたはしり、島の北部の浜街道に廻った。島の中央ガルキョクを経て、電信所の手前、カシ陣地の南、ここは水戸山の南で、かつて北地区引野隊の守備地である。ここに裏街道に入る右折地点があった。

一行は右に曲がって、約一キロ半南下した。途中クワ陣地の山すその裏街道を進むと、右手にモミジ陣地跡がある。その南端にある高地の山麓で、車を停止させた。

「クレンショー伍長、この地図を見たまえ、この山麓を六十メートルばかり登ったところに、米がある！」

ライト隊長は、地図に反射するまぶしい光線から眼をそらして、クレンショーを呼んだ。

「まっすぐ、この方向に進みます」

クレンショーはピストルを握って、用心しながら。二人の捕虜を従えて山麓を登りはじめた。

ライト隊長は、少し右側によって間隔を取ると、あたりに警戒の眼を放ちつつ、同じように山裾を登った。

この辺りは北地区の中間で、引野守備隊、独立歩兵三四六大隊、歩兵二連隊第三中隊、野砲一中隊が協力して守備していたが、九月二十四日パラオ本島から、逆上陸増援大隊、飯田少佐がこの島に到着したその日の夕刻、この辺りで北地区隊は激戦のすえ、玉砕した地点であった。

「ライト隊長、この辺りを米軍が占領してから、もう二カ月も経っています。日本兵はいないでしょうね」

「洞穴には、残っているかも知れんよ！　充分気をつけて、進みなさい」

隊長の声を耳にした彼は、急に立ちどまった。地図にマークされていた目的地は、この辺りだ、と思ったからだ。予想に違いはなかった。眼前に、洞穴らしい入口が現われたのである。隊長の眼にも、彼の眼にも、もう日本軍の残っている形跡はない、と思われた。静寂につつまれている入口は、かつての激戦地の跡とは、感じとれなかった。

ライト隊長は、洞穴の入口に来ると、

「ユー　カマーン、ゴー　ヘッド・アウェー」

と言って、二人の捕虜を洞窟の中に入らせた。そのあとを、クレンショーが続いた。隊長は自動小銃をかまえると、三人が入った入口の右手にあるもう一つの入口から、大きな図体をかがめて、ぬき足さし足洞窟に入っていった。

「おおい！　日本軍はいないか！　俺たちは同じ日本兵だ！　米を取りに来た！　射つではないゾ！」

スピーカーで捕虜の一人がこう叫ぶと、拡大された声は、洞窟中にピリピリ響いて、洞内の空気を振動させた。それが壁に突き当たって、コダマしてかえって来た。その早さから、この洞窟はあまり奥深くなく、広くもないことが察しられた。が、何の音も聞こえなかった。二人の捕虜は安心したように、歩調を少し早めたときであった。

洞窟の奥から、真っ赤な火のかたまりが、パッ、パッ、パッと噴き出した。ダ…ダ…ダ…と、あたりをつんざく銃声が、至近距離から放たれた。軽機銃だ。四人は激しいショックを受けた。飛来する銃弾をよけるには、伏せるにも、引くにも、進むにも、秒という間もなかった。続いて、ダ…ダ…ダ…ダ…、激しく洞内の空気を寸断する銃弾に、先頭の二人の日本人捕虜が、心臓を貫かれた。ドサーッと斃れる音……ウウンと断末魔のうめき声が流れた。それを耳にした瞬間、ライト隊長とクレンショー伍長は、無我夢中で洞窟の外に、ころげるように飛び出したのであった。

ライト隊長は、ジープに取りつけてある無線機で、急報した。

「至急、一個分隊出動せよ。日本軍軽機関銃陣地あり、速やかに撲滅せよ！　地点は……」

やがて、日本兵と軽機のひそむ洞窟内には、無数の手榴弾が投げ込まれた。洞窟の奥はくずれ落ち、形あるものは何一つ残らず、吹き飛んだ。入口の二人の捕虜の屍は、米兵たちの手によって運び出され、埋葬された。

日本人が、日本人によって射殺された。その悲劇を見たクレンショーの心には、その時以来、このあわれな二人の姿が焼きついてしまったのである。彼は戦争中であるから、この異様な事件を、やむえ得ない、殺し合うことが本質の戦争では……と、割り切ることが出来なかった。捕虜を米探しの使役として、ここに連れて来なければ、こんな悲劇は起こらなかったであろうと、彼自身の責任のように想い続け、そのために悩み、苦しんで来た――彼が心の底に秘めてきた悩みを、ここでこうして打ちあけられた時、私は何と言って彼の心を慰めるべきか……その言葉に窮し、全く途方にくれてしまっていた。

「私が、米をあなたに請求したことが、悪かったのです。その責任は私にあります……」

そう言わざるを得なかった。

「グンソー、誰にも言えないコトを、全部話してしまって、ココロが少し軽くナリマシタ。私これからも終生、二人のタマシイのために、イノリツヅケマス」

そう言いながらも、まだ二人の捕虜への想いの翳りが、彼の面にただよっているようであった。戦争による不可抗力の、思案外の呵責に悩む、そんな彼の心の内面を思いやると、彼の悩みをより早く消してあげたいと、心から願うのだった。

翌朝食堂で、朝の挨拶がわりに、

「昨夜も二人は、懐しい思い出話に、花を咲かせたことでしょう」

と、妻のナオエが言った。

クレンショーもまた、ジョージア夫人から、そう言われたらしい。彼は、

「フナサカさん、女性はいいね。彼女たちは戦争とは言葉では解ルヨウダガ、戦場は知ラナイカラネ……」

と、苦笑している。私は重く頭を下げながら、

「イエス、アイ　アム　ソーリー、ユー　ツー」

と、答えていた。

朝の空気は清々しかった。かつての陛下の御宿所での僥倖の一夜を送ったわれわれ四人は、二十七日、今日も又古蹟めぐりへと、奈良ホテルの玄関を出た。思えば感無量の一夜であった。

12 ソンジャン

午前中一杯をかけて、仏教美術の粋を集めた国立博物館を観覧、午後は東大寺を拝観した。

「世界最大の鋳造物、その高さ十六メートル余……重さ四百五十二トン……」

大仏さまの指にも足りない私だったが、手ぶり身ぶり負けずに大きく、説明がはじまる。

「コレを作りハジメテカラ、十年もカカッタと本で読みました。ホントウデスカ？」

「はい、その通りです。土台からだんだん鋳継ぐこと九回……、一回作るのに一年はかかったそうです。その後、戦乱があって、大仏殿は二回も、焼かれました……」

「アノ一メートルもある、大仏さんの目が、一二二〇年からの、日本の歴史を見て覚エテイルノデスネ……」

一行は名古屋に向かう。名古屋の駅前ホテルに着いた時は、もう日はとっぷりと暮れていた。ホテル・ニューナゴヤには、クレンショーを待ちわびる人がいた。ここにも彼を尊敬する旧捕虜が胸躍らせていたのであった。名古屋検疫所に勤めている日比野清氏がその人である。

日比野さんは海軍陸戦隊の一等水兵としてペリリュー島で死闘した。本隊玉砕後も生きのび、二十年三月八日、隠れていた洞穴から抜け出して対岸のアンガウル島に渡ろうとして米軍に捕らえられ、捕虜収容所に収容された（私はハワイ経由で米本土に送られ、既にそこにいなかったが）。クレンショーは日比野さんに「元気を出して生きなさい」と、タバコや食糧を渡して激励しつづけた。

日比野さんは、クレンショーに駆けよって握手、しばらくは無言であった。クレンショーが先に言った。

「ヒビノさん、元気でしたか？」

「クレンショーさんもお元気そうで」

それから二人の間に、再会の話がはずんだ。

日本兵に日本兵を誤殺させたクレンショーの懺悔を聞いてから二年後の或る日のこと、クレンショーから一枚の地図が、送られてきた。それは拙著『サクラ、サクラ〔ペリリュー島洞窟戦〕』が出版されたので、その著書を彼に送った直後のことであった。その本から写したペリリュー島の地図に、二人の捕虜が殺された洞窟の所在地と洞窟内の模様が、克明に書き込まれていた。そして添書きに、二人の捕虜について、その死を残念です！　と、悔んでいるのであった。彼はまだあの事件について悩み続けているのであった。

遠来の友を迎えた私は、仕事さえ忘れてしまった。日本を見たいと願う夫妻に、出来るかぎりの満足を、与えたかったからだ。幾冊もの案内書を携えた私は、夫妻を案内して各地を廻った。名所古蹟の多い事に、今更のように驚く彼等を見ていると、不安の中にも張り合いがあった。行くさきざきの夜、ホテルにつくと私は、一度に疲れが出てしおたれてしまうのだったが、クレンショーと顔が合うと、不思議に元気が湧いてきて、語り合うのに忙しい。つい夜の更けるのを忘れてしまうのだった。そういう夜の語らいに、彼は言った。

「ペリリュー収容所時代のことで、今以て理解できない事が、二つありマス……」

一つは、ペリリュー島における日本軍最後の拠点大山が占領される直前、突然、米軍の火薬庫が大爆発を起こした。次々に何棟かへ爆発が移った。犯人が判明しないまま迷宮入りになったが、犯人は私であった。アンガウル島からペリリューに送られて二晩目、重傷と思われて監視が甘かったので、私は柵を抜け出すことができた。千メートルも潜んで行って日本兵の遺体に辿りつき、弾丸入れから小銃弾を六七発集め、火薬を抜いた。それを導火線にしてマッチで点火したのだ。マッチはア島からペ島へ送られる船中と、収容所までのジープの中で一本ずつ手に入れた。

「犯人はグンソーではないだろうか？」

彼は、首をかしげて、私の顔をのぞきこんで指摘した。私はシラを切って、

「私ではありませんよ……金網の中に閉じこめられていて、脱走しようとすれば、必ず貴男に捕らえられたではありませんか……」

彼は、なるほど、という顔をした。話は次へと移っていった。

「他の一つは、ヨードチンキについてデス」

その話は、こうなのだ。当時、続々と送り込まれてくる日本兵捕虜達は、長い洞窟戦の結果、皆ひどい皮膚病に侵されていた。特に、悪質のタムシにかかっている者が、ほとんどであった。その症状は、輪状の斑点がいくつも、いくつも重なり合い、全身

不気味にはれ上がり、目も当てられない。苦しい戦闘中は我慢して来たが、収容所に入ると、急に激しいかゆみと痛みを訴え出すのだった。ボリボリかきむしる程、広がってゆく。

私は、クレンショー伍長に、タムシの薬をくれと嘆願した。

「収容所ニ、薬品ヲ持チ込ムコトハ、禁ジラレテイマス。ダメデス」

「カユくて、捕虜の全部がクレイズィになりますよ。あばれ出しても、私は知りませんヨ！」

悪いことだが、何につけオドシ文句をつけなければ、効果がないと信じていた私の交渉は、その都度、クレンショー伍長を困らせた。彼は、ライト中尉をくどき落として、一ガロンのヨードチンキを貸してくれた。

「有難う、クレンショー伍長……」

オドカシておいては、その後涙を流さんばかりに、感激する私だった。

一緒に収容された中に、ちょうど軍医大尉がいたので、このヨードチンキを使用して、タムシの治療をしてくれるよう依頼した私は、これで、患者が快復に向かうだろうと安心した。

翌日、クレンショー伍長が、

「タムシハ治リマシタカ？　大尉ハ手当ヲシテイマスカ？」

と、早速確認にやって来た。

私は、カユミや痛みから解放されて、喜んでいる皆の顔を期待しながら、大尉のテントを訪ねると、驚いた事に、ヨードチンキが誰かに盗まれてしまったと言うのだ。

……軍医大尉ともあろう者が……。

……何ということを、しでかしたのか……。

クレンショー伍長も私も、困ったことになったと思っていた。

「コンドハ、グンソー、アナタニ少シズツ預ケマショウ……」

と、彼は軍医を相手にしないことにしたらしい。

その日から私は、捕虜達の体をヨードチンキで、全身赤く塗りつぶすことを、日課とした。数ヵ月、薬を全く忘れていた肌は、生きかえったように、ヨードチンキを吸い込んだ。タムシに悩まされる者は、次第に少なくなっていった。

その頃、問題の軍医大尉は、他の島へと送られていった。ヨードチンキ紛失事件を、いつまでも不審に思っていたクレンショー伍長は、或る日、大尉の去ったテントの中に、一ガロンのヨードチンキが、地中深く埋められているのを発見した。何故ヨードチンキをかくすような事をしたのか、見当もつかなかった。何かへの憎しみが、逆に兵隊たちを苦しめる行為となったのか……。それにしても、解らないことだった。

　クレンショー伍長は、

「グンソーノヨウニ、自分ノコトヲ忘レテ、懸命ニ仲間ノタメ世話シヨウトシテ、私ニクッテカカル人もイルトイウノニ、大尉ノヨウニ不親切ナ軍人モイル。私、ソレガ解リマセン……」

　その日のことを、二十年後の今も、けっして忘れていない、彼なのである。

　大尉が去った後、残されたのは私以下、少数のものだった。何故、残されたのか、いずれ殺されるであろう。それならそれで、早く最終の地に送られた方がよい、と望んでいた。それだけに日が経つにつれ、

「軍曹、我々は残されて、どうなるのでしょう」

　つのる不安で、私に聞くのであった。

「心配するナ、なるようにしかならないサ。ジタバタしないで、日本軍人らしく毅然とした態度でいればいいんダ……」

　十二月に入った。日頃、収容所の一角にまとまっている韓国人捕虜は、しばらく前

から収容所の外で、使役を続けさせられている様子であった。毎日のように朝になると、数台のジープが彼等を迎えに来た。許可がある場合だけであったが、彼等には金網の外に出られるという、日本兵捕虜には与えられていない特典があった。

何かと言えば、それを誇り鼻にかけている彼等の表情を見ると、きびしいM・Pの監視下にある、同じ捕虜だということを忘れているらしい浅薄な心情に、あわれという感が動くのである。それより、私にとって気がかりであったことは、彼等が外で何をさせられているのだろうか？　ということだった。

彼等は、そのことについて、絶対に話そうとしなかった。米兵に固く口止めされているのかも知れなかったが、あのオシャベリな連中が、仕事の内容を教えるようなことをしなかった。

私はマッチをくれた李さんとは、親しくなっていた。私はさり気なく話しかけた。

「李さん、毎日御苦労さん。大変な仕事を、よく不平も言わずやっているネ、やっぱり韓国人は偉いネ……」

〝大変な仕事〟と〝偉いネ〟が、私のねらい通り、大変李さんを喜ばしたらしい。

「グンソーアッチ（さん）、ワタシタチ米軍ノ特別ノタノミデ、ソンジャンニ行キマス」

気をよくした彼は、そのあと、

「毎日クサクテ、ハナガマガル……」

と、不思議な言葉を言いかけて、急に口をとざしてしまった。

李さんが、つい口をすべらした言葉の中に、私が理解できない言葉が一つあった。

……ソンジャン……なんだろう？

私はその時から、ソンジャンが気になった。

「クレンショーさん、アナタは覚えがいい。韓国語も覚えて、話しますネ……」

韓国人が言わないのなら、仕方がない。私はクレンショー伍長から、ソンジャンの意味を探り出そうとした。

「私ハ日本語ダケデス。シカシ私ニハ韓国語ノ字典アリマス。グンソー、アナタハコンド、韓国語ノ勉強デスカ？」

彼は笑いながら、「英語もよく覚えていないお前に、韓国語は無理デス。おやめなさい」、笑声は私にはそうとれた。字典があるのならと、私は紙片にローマ字で「ＳＯＮＪＡＮ」と綴り、これを英訳して下さい、と伍長に依頼した。だが、彼が調べてくれた結果は――字典にはない、それは多分韓国の何処かの、地名でしょう――と、言う。

翌朝、収容所の空地では、朝の点呼がはじまった、そこには、かつて軍隊当時のテキパキした態度は、少しも残っていなかった。デレデレ気の抜けた番号が、仕方がないように飛び出す。

一、二……三、四、五……。

点呼には、立ち合いのライト中尉が、ニヤニヤ顔で立っている。その横に対照的な、緊張した顔の、クレンショー伍長が直立し、

「今日カラ、ミナサンハ、ソトデ仕事ヲシマス。タクサン憲兵ツキマス。ニゲテハイケマセン……」

と、しようがない、点呼があるから起きてきたんだと仏頂面した捕虜達の、眠気を一度に吹き飛ばすような、発表をした。

今迄仕事といえば、収容所内の雑役に限られていた。水汲み、洗濯、便所掃除や消毒など、威され命令され、いやいやながらやらせられていた。くる日もくる日も、眺めるだけであった金網の外は、島とはいえ広い大地がひろがっていた。島を囲む海は、祖国日本にまで続いている太平洋である。島はかつて戦場であったが、今は戦跡となっていた。複雑な地形で、洞窟が多い。そのかげには、あるいは武器、弾薬も落ちているかも知れない。立派な武器をもったM・Pが監視しているが、見かけ程のことは

ないのは、すでに知っている。私はもう、白日下でも隙をみつけて、脱走も反抗も可能だと、素早く判断し、思わず心の中で快哉を叫んでいた。

急いで、テントに戻った。そして迎えのジープを、たかぶる胸をおさえて、待った。

……ひとあばれして、その上でゆっくり死ねる。ここで、捕虜の汚名を返上してやろう……。

だが、私を迎えに来たのは、ジープではなかった。

「グンソー、チョット。ハヤク来テ下サイ」

クレンショー伍長が、私を迎えに来た。そして、彼の事務所に伴われた。そこで、

「アナタハ、外ニ行キマセン。テントノ留守番ガ必要デス。イツ日本兵ノ捕虜ガ、ココニ来ルカワカリマセン。ソノ時一番必要デス。アナタガ……」

と、やんわり釘をさされてしまった。たった一つ与えられようとしている、柵外に出られるという機会を、取り上げられてたまるものか……私は、反抗した。

「私が付いて行かないと、何か起こるかも知れません。ドウシテモ行きます」

「ダメデス、命令デス。シカモ、ライト隊長ノデス。首ノ傷、腹ノ傷マダ痛イデショウ……」

「イヤ行ク！」

私は、精一杯反抗した。押し問答はしばらく続いたが、あくまで「命令」であるから、私を困らすなと、真実彼は困り果てた顔をしていた。無理もなかった。私には前科があった。彼等にしてみれば〝虎を野に放つ〟ことかも知れない。クレンショーはそれをはっきり言うことを避けて、「命令」だと言うのであろう。

そうこうしている内に、上原を長とした一団は、ジープに分乗して大山の方向に姿を消していた。外で何をさせられるのか、それは彼等の知るところではなかった。

やがて夕暮が近づいて来た。

ジープが戻って来た。私はジープの上の彼等を、

一人、二人、三人……。

と、確認し終わっていた。全員無事だった。

彼等は、海岸で水浴をしてきたらしく、多少アカ抜けした顔をしていた。しかし不思議だった。誰も口を固くとざしたまま、頭をたれ、異様な面持をしていた。何か外で変わったことがあったのか……。

上原兵長までが、黙然としていた。一人テントで、彼等の無事を祈っていた私にしてみれば、「軍曹、ただ今!」ぐらいの声は、掛けてもらいたかった。

上原に近づくと、彼の体が異様なニオイを発散させている事に、気付いた。……何

となく、悲惨なニオイだった。

「おい上原……どうしたのだ……みんなしおれているではないか……」

「軍曹……俺たちは……」

あとは声にならず、上原の眼に涙が光った。もしや全員が米兵にドレイ扱いされた上、恥でもかかせられたのか……。

「上原、どうしたのだ……」

「軍曹……俺たちは……俺たちは……ペリリュー守備隊の遺体処理を……一日中、やって来ました……」

上原の力ない声に、私は瞬間、胸をえぐられるような、驚きを感じていた。そして、クレンショー伍長が、朝から、いつになく元気のない顔をしていたことを想い浮かべた。それにしても、日本兵に日本兵の屍を片づけさせるとは何事だ！　これは、戦勝国である彼等の、当然なすべき責任ではないか。私は米軍のこの仕打に、憤然とした。

「クレンショー伍長！　米軍は何というムゴイ事を、われわれにさせるのだ！　余りにもひど過ぎる。明日から外の仕事は……戦場処理は、お断わりだ。米軍がやればよいではないか……」

私は、彼にくいつくように迫った。

「グンソー、チョット待ッテ……。

私ノ言ウコト、キキナサイ……昨日マデ、日本人ニタムノコト、キライマシタ。韓国人ガ前カラヤッテイマシタ。ダガ、タクサンノ人死ニマシタ。ナカナカ終ワリマセン。コノママ戦死シタ日本兵、放ッテオク事可哀ソウデナリマセン。私ハ神ニ祈リマシタ。早ク、戦死シタ米兵モ日本兵モ、神ノ許ニ行ケマスヨウニ……スルト今朝、司令部命令デマシタ。ケレド米兵ハ米兵ノ戦死者ヲヤルダケデ手ガ足リマセン。ヤムナク日本兵捕虜ノ手ヲ使イマシタ。仕方アリマセン。一日モ早ク、ミナサンノ力ヲ借リテ、神ノ許ニ送リマショウ……。ソレガ生キタモノノツトメデス……。

米軍海兵隊ガ七千六百数名、八十一山猫師団ハ千四百名、両隊アワセテ九千人余ノ死傷者、アンガウル島デハ、千七百人ノ損害出マシタ。コレハ日本軍ノ玉砕シタ数ヨリ、多イ数デス。米兵ハミナソノ死体ヲ、キレイニ、カタヅケマシタ。日本ノ捕虜ガ、日本ノ戦死者ヲヤルコト、当然デショウ。ジュネーヴ協定デハ、捕虜ハ働カネバナラナイト、キメラレテマス。コノヨウナ戦争ハ、二度トシテハナラナイ」

至極当然のことを、彼は言っていた。なるほど、理窟ではその通りだ。が、私はふてくされた表情のまま、テントに戻った。

　その夜、食事になっても、誰一人として箸を取るものはなかった。鼻がよじれるほど、屍の腐臭が全身に残り、食欲など少しもない、と言う彼等の口々の言葉を私は黙って聞いてやっていた。誰かが、現場を想い出したらしく、反吐《へど》をはいていた。

　李さんの言っていたソンジャンの意味が、その時になって、やっと私にはわかったのであった。ソンジャンとは、屍体処理のこと、戦場整理をあらわす、韓国語であったのだ。韓国人の彼等も、やっていた事だったのか——私の心中に、深い決意が生じていた。

「上原！　ペリリュー、アンガウルの戦友たちの屍を、われわれの手で葬ってやったら、彼等は、どんなにか安心するだろうネ……」

「はい」

「われわれがこうして捕虜になってまで生かされているのは……考えようによっては、まだ、ペリリュー守備隊の遺体処理という、役目が残っていたためかも知れない……」

「はい」

「どうせ、いずれは殺されるのだ。飯が食えない程臭く、つらくとも、これ以上の供養はない。かりにあの中に、自分がいたとしてみろ。あんなみじめな姿で放り出されているより、同じ仲間の日本人の手で、手厚く葬られたら、安心して成仏できるサ！」

最初は短い相槌だけだった上原が、ついに、

「軍曹、これも定められた因縁ですネ！」

と、言った。お寺さんの三男坊だけに、上原はこれを容易に受けとめた。

「そうだ！　上原。君はソンジャンの責任者だ。今生の思い出に、率先して関東軍の亡き勇士たちの遺体を、一人でも多く片付けてあげようではないか……」

「よし、やりましょう！　これは当分の間続きますネ。皆によく伝えます。これが、生涯の御奉公となるでしょう。戦友たちへの、最高の供養になりますよ……」

クレンショー伍長が、急に姿を見せた。我々の成行きを注目し、案ずるあまり現われたのであった。彼は島のあちこちに、山のように打ち重なり、烈日のもとにさらされている日本兵の遺体を、よく承知していた。それに対し、少なからぬ慙愧の想いを持っていただけに、そのむごさを我々に見せたくなかったのだ。命令を下されて已むなく手伝わせたが、同じ日本兵の屍を見て〝捕虜が、異変を起こさなければよいが〟と心配したのだ。

「クレンショー伍長！　外の仕事を、一日も早く終わらせたいネ。明日から、タバコ

の配給を増加するのだネ……」

私は、安心したまえ、我々はやれるだけやるよ、その代わり、もっと給与をよくするよう、たのみますぜ！　と言う意味を、彼になげかけたのであった。

クレンショー伍長は、

「グンソー、ウエハラ、……月ガ美シイ……アナタノ家族モ、私ノジョージアモ、同ジ月ヲミテイマス。早ク戦争終ワレバヨイネ……」

と言って、安心したように去って行った。

私と上原は、折から皓々と輝く月を見あげた。黙って月を見ていると、涙がこみあげてくる。

「軍曹、われわれの戦死の公報は、もう発表されたろうね！　家族が泣いているだろう……」

上原の語りかけは、終わりには一人言のようになっていった。

13
遺体のうったえ

「ラッゴー、ゲタップ！」

　歩哨が大声でどなる。頭を持ち上げる。又歩哨がどなる。やっと、起き上がって、大きなアクビをする。米軍が着古した、ズダ袋のズボンをはき、赤いペンキで背中に大きくＰ・Ｗと書かれた上衣を着る。三回目の怒鳴り声が消えると、テントの外に出る。捕虜たちは、眼をこすりながら、点呼のある収容所の中央に、モソモソ集まりはじめる。

「まだ、鼻が痛えや」

「彼の鼻は、曲がってしまった……」

「臭くて、寝れなかったぞ！」

「俺は、臭みが心臓と肺の中にしみ込んでしまった」

連中は昨日帰って来て黙りこくっていた分だけ騒がしかった。話すというより、訴えるようにざわめいていた。

「サア、サア、一列縦隊ニナランダ、ナランダ！」

クレンショー伍長が、捕虜の員数を合わせるのに、一番神経を費す時だ。われわれは、仇敵米軍のための点呼など、しょせん、おつき合いに列をつくる位にしか考えていない。

「気をつけ」

私が、番号をかけて「異常なし」と、報告を終わるまで、わずか三分。

点呼が終わって、捕虜の員数に不足さえなければ、ライト隊長とクレンショー伍長は、「昨夜も、異常がなかった」と、安堵の胸をなでおろすのだ。捕虜にとって、こんなもの、なければよい、めんどうくさい、と思うだけの事である。その日も、朝の目ざまし代わりの点呼は、烏合の衆の集まりで、ダラついていた。しかし、「解散！」の声を境に、皆急に元気よく飛び出した。それは、朝食が待っているからだ。昨夕、ソンジャンの腐臭に悩まされて、夕飯を断わった彼等は、何がなんでも朝食を、つめ込まなければならなかった。日中三十九度にも上る、この島の炎暑は、腹ペコでは倒れるまでだ。

　食事中、ソンジャンの話をするものはいなかった。しかし、腹がくちくなると、

「今日また、臭くなるぜ！」

「臭くさえなければなア、苦にはならんが……」

と、異口同音に愚痴がこぼれた。

　すかさず、上原兵長が言った。

「俺も、あのままアンガウル島にいたら、今頃は腐ってしまって、白骨になっている頃だ！　そう思やあ、今日まで生きていられるのは、神仏のお加護だ！　ゼイタク言ったら、バチが当たる！」

　その言葉を耳にすると、一同は黙ってしまった。

　ノッポのクレンショー伍長が、あらわれた。

「ミナサン、頑張ッテ下サイ。今日カラ、タバコノ特別配給デス！」

　やがてジープが来ると、昨日と全く同じように、飛行場を横切り、大山周辺へと向かって、出発した。

　又一人で、残されようとする私は言った。

「クレンショー伍長、今日は私を連れて行って、現場監督をたのみマス。ライト隊長

に許可を願って下さい。ちょっとでいい、見たい」

「ＯＫ、チョットダケナラ、ＯＫデス」

彼はもう、捕虜たちの協力が得られたことを、認めていたのだろう、あっさり承知してくれた。私はジープに乗り、一人のＭ・Ｐに監視されて、初めて収容所の外に連れ出された。

飛行場が数倍に拡張されているのが、目に入った。新設された戦車道を経て、富山の麓を右に折れ、大山山麓に向かった。米軍が造った道路は、驚く程平坦に続いていた。ジープは快くつっ走っていた。だが、私の心は暗く、重い。ソンジャンの実態が、惨として私を泣かすことであろうと、予想されたからである。

ペリリュー戦は、太平洋戦争中、単一でみれば、最大の被害を米軍に与えた戦闘であった。それだけに、激闘の跡には、山なす遺体があった。日・米両軍の屍が、入り乱れて積重なっていた。とりあえず米軍は、米兵の屍のみを処理し、埋葬した、とクレンショー伍長が説明してくれた。

ペリリュー島は、珊瑚礁によって囲繞されていた。南北九キロ、東西三キロ、島としては、決して大きくない。エビのように細長い島形をしており、中央部を走る山峰の南に、標高九十メートルの峻険な高地と水府山がある。大山を中心に、富山、天山、中山、観測山、東山の連山、その多くの高地には、自然の洞窟、断崖、絶壁、峡谷、亀裂という天然の要塞があり、雑木がうっそうたるジャングルを形成し、それらをすべて覆いかくしているのであった。守備隊は、ジャングルにかくれている天然の洞窟を利用し、新たに横穴を穿ち、五百余もの洞窟陣地を構築した。

予想された通り、この各高地において、戦いは激しく火花を散らした。中でも最後の拠点は、最高峰大山となった。米軍の言う、チャイナ・ウォールである。

私の眼前に現われてきた戦跡のむごさは、想像を絶していた。かつて、雑木が黒々と繁茂したジャングルなど、見たくても見当たらなかった。そこには七十日間の激闘を物語るように、岩肌を露骨にさらけ出した。幾つもの高地が痛々しく目を射る、惨たる姿であった。七十日間、くりかえしくりかえし砲撃され、爆撃されて、高地は次第に岩肌をはぎとられ、むしられて、ナパーム弾の油煙で黒く爛れていた。

波間に浮かんでいたこの島の、美しい緑のイメージが残る私にとって、連想されるのは、アンガウル島の様相であった。この島の二分の一にも満たない、小島の玉砕後は、より以上無残であったのだ。その様相を想い描き、そこで悲壮な玉砕をとげた我が上官、部下たちの冥福を祈らずにはいられなかった。

やがてジープは現場に到着した。ここは、見上げるような急斜面が、砲撃でくだかれ、そそり立っていた。鉄片を多量に嚙んだ禿山が、荒々しくのしかかって来る無残な高地である。山頂はけずり取られて、残り少なかった。恐怖さえ感じられる。この生ま生ましい戦跡こそ、大山である。ペリリュー島守備隊戦闘指揮所は、この山麓の洞窟にあったのであった。

私はこの守備隊が、私と同じ関東軍の師団であっただけに、卓越した作戦、加えて勇猛果敢な戦術等、玉砕したとは言え、その戦果は、如何に米軍に強打を与えたかは、信じて疑わなかった。それは、アンガウル守備隊の敢闘を、この眼で確かめ、その敢闘を支えた一人であったからこそ、言えるのだ。

私はこの島の将兵が、どのように戦ったか、それを聞きたかった。だが、米兵は固く口をつぐんでしまっていた。

「クレンショー伍長、日本軍の最後の陣地は、どの辺にありましたか」

「コノ〝チャイナ・ウォール〟ノ、山ノ上モ、中腹モ、麓モ、ゼンブ穴ノ陣地デス。米軍近ヨレマセン、大変ナヤマサレマシタ」

その返事に、つけこむように私は、

「米軍、この辺りでドノ位やられましたか?」

と、聞き出そうとしたが、

「オー、アイ　アム　ソーリー、ツー　メニー……」

と言って、肩をすくめている。それ以上質問することは出来なかった。

「日本軍の司令部を、のぞきたいが……」

彼はビックリして、

「グンソー、米軍ハ、司令部ハジメ、大キイ穴、全部ブルドーザー、機械シャベル、レッカー車ナド、サマザマノ機械ツカッテ、全部埋メマシタ」

と、否定した。なるほど、彼の言う通り、山麓付近の岩礁《リーフ》をブルドーザーで、押し寄せた跡があった。山腹の洞窟を爆破し、砕石をシャベル機で積み寄せた跡も見えている。米軍は完全に、数多くの洞窟を、埋めつくしていた。

村井少尉、中川大佐、大谷大佐以下、陸海軍併せて一万五百名の守備隊が、孤軍奮闘続行、十一回にわたる御嘉賞の言葉を賜り、陸軍史上只一つの記録をうち樹てたと言う戦跡は、まだ生ま生ましく硝煙と血の臭う、玉砕数十日後の戦場であった。

上原が指揮をして、捕虜の一団は二人一組となり、屍を毛布に包んでは、運搬車《トラック》に運んでいた。大勢のＭ・Ｐが鼻をおさえながら、銃をかまえ、一団を遠まきに監視している。

クレンショー伍長は、屍の一つ一つに、忙しく十字を切っていた。

「私も手伝います……」

たまらなくなって、進み出た私だったが、悲惨極まりない遺体を、どれから手をつけてよいやら、茫然と立ちすくんでしまうのだった。

砲弾や、爆撃の穴のまわりに、日本兵の首や胴体がバラバラになって、つみ重なっている。その附近に、点々とどす黒い血のあとがあるのは、米兵の屍だけを取り除いたあとであることが、歴然としていた。

ここがもしアンガウル島だったら……これと同じような光景を想像した私は、これが、私の部下達であったら……早く毛布に、包んであげなければ……と、足元の一つの屍の脇に、毛布を敷いた。

「おおい！　上原」

涙ぐんだ彼が、近寄って来る。

「上原、足を持ちあげてくれないか。俺は手を持つから……」

強烈な日差しに照りつけられた屍は、半ばミイラ化していた。枯木のように水分の失せた屍の両手を握ると、不気味に暖かい。生きている手のように感じられた。「よいしょ」と、小さな掛声と共に、上原は足を、私は手を同時に持ち上げる。アッ……と、思わず声が……。握った手の皮が、ズルリとむけて屍は動かなかった。私は両手に、真っ赤な肉のかたまり、コンビーフによく似た肉の塊を握ったまま、二、三歩よろめいた。はがれた肉から、どす黒い腐水がしたたり落ちた。屍はビクとも動かないばかりか、両腕の白骨があらわれて、なげ出されていた。その悲惨さに輪をかけただけであった。

ミイラ化して見えた皮膚の下には、まだわずかに水分が残っており、完全に腐敗していた肉の部分が、骨を残して分離したのであった。私はもぎ取ってしまった肉を握っていた。あたりに腐水の放つ悪臭が、強烈に立ちこめた。鼻を刺して脳味噌にまで、浸透し、胸は圧迫され、息がつまった。心臓の鼓動が、停止してしまいそうだ……。

「上原、毛布を遺体のそばに敷いて、横転させようではないか……」

「ハイ、その方法しかありませんね……」

米軍は、新品同様の毛布を使用させていた。

「軍曹、米軍は物資が、あり余っているんでしょうか?」

「いや、これは新品でないよ。米軍の病院で、使用したものサ!」

二人は遺体を、二回程横転させた。グシャリ、にぶい音をたて、水分が流れ出した。

腐敗した原型は、くずれながら毛布の中に、やっと納まる……。

このようにして、遺体は丹念に、一つずつ毛布に包まれると、トラックに満載されて、島の中央、西海岸の砂浜に、すでに仲間の手によって掘られた墓穴に、埋葬されるのである。韓国人が作業のことについて、何一つ言わなかった訳が、いま解った。幾日も焼けつくような炎暑が続いた。幾日も黙々として遺体をかつぐ日本兵捕虜の姿がここにあった。この作業は一ヵ月余も続いた。大山周辺から作業は次第に高所へと移って行き、困難が、増していった。

クレンショー伍長が教えたように、全ての洞窟は完全に封鎖されていた。そのため、遺体を洞窟伝いに運び出す、という事が出来ないため、山腹から遺体を引き降ろす作業が大変であった。遺体は重い。斜面は足場が悪い上、ちょっとでも油断すると、転落しかねなかった。断崖や絶壁は、緊張を解くことを許さなかった。その難所を、毛布に包んだ遺体を二人で、運搬車までかつぎおろすのだった。斜面であるため、どうしても遺体が、先棒に、ずり寄って来る。遺体からにじみ出る水が、先棒の背中を冷たくぬらす。腐肉からしぼり出される腐水である。腐水は背中から臀部、両足を伝わって靴の中にまで侵入する。腐臭はたまらなく強く、脳天をグングン刺戟して、眼が霞んで来るのであった。中腹から麓まで、三十メートルであるといっても、直線をたどれる訳ではなかった。途中で交代すると、今後は後棒のものが、背中をぬらし、やがて眼が霞んでしまう。

守備隊最後の陣地大山の背面。ソンジャンはこの周辺で行なわれた。

斜面をころがして落とせば能率的だとは思うのだが、それは出来なかった。

かつがれた遺体が耳もとで何かをうったえる。もう誰一人、不平を言う者はいなかった。炎暑の下、苦しい遺体処理が連日続いた。大山周辺から水府山の北に、水戸山の方向に、黙々として作業は続けられた。封鎖された洞窟を除いて、平坦地と山腹に放置されていた遺体数千体は、運ばれて鄭重に埋葬された。広大な太平洋上に、玉砕地は多い。だが、ペリリュー島のように、捕虜の手によって整理されたのは、この島だけではないだろうか。

戦後、クレンショー氏から、

「あなたは九回も収骨に渡島し、その上、数冊の戦記の印税で、アンガウル島、ペリリュー島に慰霊碑を立てて下さったことは、有難いことです。

私は両島で屍となった、米軍の戦死者にかわって、感謝を申し上げます」という、挨拶を受けた。この言葉を耳にした時、私は瞬間的に当時の「ペリリューのソンジャン」を想い出した。聡明できびしい、神への愛に生きる彼だ。日本兵の捕虜を使って、遺体を処理するという提案は、もしかしたら彼がライト隊長にしたことかも知れない。そして一日も早く、日本兵の魂を、神の御許に送ろうとしたのかも知れない……いや、どうもそうらしい……。彼の性格では、そのことには、これからも何もふれようとは、しないであろう。彼は自分の善意からやった事は、たとえそれを指摘されても、覚えていません、と言う。そういう奴なのだ。

クレンショー夫妻が、羽田に到着するというその日、上原いや君島〓彦さんから、電話があった。

「クレンショーさんを是非、羽田まで出迎えに行きたいが、急用があって残念ながら、行けません」

数日後、君島さん等のたっての要請で、日光見物の途中、私達は宇都宮で下車したのだった。彼を笑顔と涙で迎えたのは、君島さんをはじめ、当時ペリリュー収容所に捕虜として収容されていた者たちだった。「クレンショーさんに、当時親切にして頂いた、御礼をさせて頂こう」と、集まって来た。

誰もが、彼の心をよく識っていた。金網の冷たい檻の中で、温かく扱ってくれた記憶を呼び戻すには、時間はいらなかった。

君島さんは、クレンショーとの友情を子孫に伝えたいと、彼の声をテープに記録した。それを時々、奥さんや子供さんに聞かせているという。

14 日本刀

遠来の客を迎えたその日より、日々は矢のように流れだしたかのごとく、私には感じられていた。遂に、お別れの日が迫った。名残りはつきない。なんとか彼等夫妻を、私の身辺にもっと長く、滞在させる方法はないだろうか、と思案するようになっていた。しかしテキサス・オクラホマ・エキスプレスという、大きな運送会社の副社長の要職にある彼にとって、一カ月足らずの休暇を取ることさえ、容易ではなかったという。就業人員一千名、アメリカの主要ターミナル九つを結ぶ路線に、一千余台のトラックを走らせ、売上月一千三百万ドルと聞けば、そのスケールも、忙しさも想像出来よう。

いよいよ、さようなら、を告げる日が間近い、と思うと無性に淋しい。

私は彼との巡りあわせに、二人の終生の記念として、永久に残るようなもの――それも日本のもの――を贈ろうとして、数日前から頭を悩ませていた。しかし非常に遠慮深く、紳士的な彼は、観光の土産物すら、私に買わせまいと気を使っていた。そのような彼の態度も考えて、私は我家先祖伝来のものを何か選んで、彼と彼の家族に贈ろうと心に決めたのだった。せめてもの友情のしるしに……彼がもっとも喜ぶもの、そして永く二人の友情を語り継げるもの、出来れば日本的な、日本独自の精神的要素が感じられるもの……何がよいだろう、私はうす暗い、我家の戸棚の中に何回も首をつっこんでは、思いあぐねていた。父が好んだ古めかしい遺品の数々を、あれでもない、これでもないと、ひろげて見た。時代物の日本画の名品を選んでみて、東洋的な山水の墨蹟を、彼が喜ぶであろうと、想像してみた。また私の蒐集した日本刀の中から、数振りを取り上げ、これこそ何よりも彼が喜ぶに違いないと一人ぎめしたり、いや、はたして受け取ってくれるだろうかと、彼の遠慮する姿を想像したりしていた。

東京タワーで味わった、苦い経験も顧りみて、日本刀が高価であることを承知している彼のことだ。細心の注意をしなければ、受け取らないであろう。

そこで、私は一案を考えた。私の所持している日本刀は、いずれも逸品揃いで、必ず証明書がついていた。その特別貴重刀剣の認定証を、彼に見せなければ、普通の刀と彼は思うだろう。駄刀です、と言って、気軽に渡すべきであると心に決めた。

私は所持品の中から、行広と康継の二振りを選んだ。

私は両刀を手にして、どちらにしようかと、しばらく見くらべていたが、選択はクレンショー自身にまかせることにした。

私が予想した通り、彼は目を丸くして、喜びを顔一杯にあらわし、二本の刀を見くらべ、手にとり時間の経つのを忘れたようだった。ジョージアさんも、傍にいながら、引きこまれる何かを感じていたようであった。

私はクレンショーに、

「刀は日本人の魂です。この刀の中には、私の持っている大和魂が入っています。かつて戦場で、勇敢に国のために死のうとしたのも、その大和魂が、そうさせたのです。大和魂とは、言葉ではなく、この刀の中に秘められている、日本民族の特異な、精神的なものです」

と、一心に説明をはじめた。すると彼は、

「フナサカさん、ペリリュー島で終戦を迎えた私は、パラオ・コロール島と、バベルダッブ島に、武装解除に行きました……」

私は驚いてしまった。コロールもその北のバベルダッブ島も、私が所属した十四師団の本部があり、多くの戦友が餓死したところだった。ここは米軍の上陸を受けなかった。

「その武装解除の時、日本軍は、武士の魂である日本刀を、米軍に引渡すのは、何よりもつらいと言っていたことを、よく覚えています……」

と語った。そして武装解除のときの日本軍の帯刀者の、日本刀との訣別の模様を話した。その際彼は、これはと思う一本を本国に持ち帰った。以来彼は日本刀が好きになり、ひとかどの名のある刀剣を、持って見たいと願っていたという。

その表情は、日本刀に対する愛着と言うより、彼が生と死を賭けた、第二次大戦の体験の一つの確証を、日本刀の中に見出そうとしているものであった。さもあろう、ペリリュー島の戦場で、実際に日本刀を振りかざして、米軍に斬り込む日本兵を見た彼である。

戦後、欧米ではいわゆる〝ジャパニーズ・ブーム〟が起こり、日本より一足先に刀剣ブームが盛んになっていた。特に米国は戦勝国だけに、戦利品としての日本刀が、三十万本も米国内に持ち込まれていたといわれる。

推理小説を出版しているマクミラン社では、コック・ロビン・ミステリー・シリーズ主催の、アメリカ・ミステリー小説作品の、コンテスト募集をした。その時入賞した作品は、日本刀をテーマとした、村正を扱った小説であった。作者ポール・アンダースン氏は、その作品の書き出しに、日本刀コレクターである、物語の主人公を登場させる。彼の所蔵していた愛刀「村正」が盗難に遭い、その「村正」で斬られている殺人場面をはじめ、文中には刀剣の専門用語が、頻繁に使われているという凝りようである。それ程日本刀は、米国内でもブームを呼んでいた。勿論、クレンショーもそのミステリーを、読んで知っていた。

「クレンショーさん、どちらにしますか？　あなたの好きな方を、記念に差し上げましょう」

彼はビックリして、二本の刀を揃えて下に置いた。

「フナサカさん、これはあなたの家のタカラでしょう。私に見せるため、出したのでしょう……」

彼がこれまで手にした刀は、いずれも軍隊で使用した無銘の一般刀や、現代刀ばかりでした、と言う。それに較べれば、外装一つにしても軍装用の造りとは全く違う感じの古刀造りに、すっかり魅せられていた彼は、

「ホントウに、私にくださるのですか……」

彼はくりかえし私に念を押して来た。

「ハイ、本当です。これには私の魂が、こもっています。私の魂をあなたに、あげましょう……ヤマトダマシイを──」

私は惜しみなく、率直に言った。

「あなたの友情に捧げる、私の気持です。あなたが私を訪ねてきて下さった、御礼です」

クレンショーは、改まったように坐り直した。鞘を払った瞬間から、粛然として衿を正していた。やがて「行広」の一刀を選んだ彼は、スックと立ちあがって、

「これは良い、これはスバラシイ……」

とつぶやきながら、正眼に構えた。その姿は、私が長い間修練して身につけた、正眼の構えと全く同じであった。彼は何世紀も以前に戻って、一人の青い眼のサムライに、なりきっていた。中段の構えから、「行広」を大上段に振りかぶった。刀身は、彼の視界から離れ見えなくなったが、「行広」をささえている腕から、肩、そして全身にくまなく伝わって行くのは、鍛えられた砂鉄の重みだけではない。刀の持つ魂が、つたわってゆくのであった。凝められた魂が、ふりかざす者を、雄叫びさせずにはおかぬ感動を与えるのである。宙に向かって振りおろし、再び中段につけると「行広」は、確かな美しさとするどさを、眼前にあらわす。彼は上段から中段へと、反復して、

宙に残る太刀風とともに、刀の持つ独特の質を、感じとっていた。私が、彼のそのサムライらしい一連の行為を、静かに見守っていると、突然、ジョージア夫人が何かを気にして、

「ユー！　アイ　アム　ウォリッド　アバウト　ユーア　ヘッド！」

天井に日本刀が当たるから、気をつけて下さい！　と、彼に注意を促していた。

その声に、ハッとして、我に返ったクレンショーは、正坐して「行広」を、静かに鞘に収めた。しかし、そのまま緊張を解こうとはせず、固くひざを揃え、私の前に坐った。

「船坂さん……」

何というあらたまりようなのだろう、と思う程であった。

「イタダキマス、大切ニシマス」

彼は、ズバッと言った。

「これをフナサカさんと思って、大切にします。有難う、有難う……」

感激した彼は、その大きな掌を一杯に拡げて、私に握手を求めた……。強い握手であった。

「アナタが、ペリリュー島で、私に教えてくれた大和魂と、武士道が、いま解りまし

た……」

その一言が、私を感動させた……。二十年前の私の意志が、いま通じた。遂にクレンショーは大和魂と武士道を、いまここで見いだしたのであった。私は泣きたい程の衝動にかられていた……。

羽田空港に、彼を見送る日が、もうやって来た。彼は「一文字行広」を、片時も離そうとはしなかった。「大切にします」その言葉通り、しっかりと抱いていた。飛行機のタラップに立ち止まって、振り向いた彼は、名残り惜しそうに「行広」を、高く差し上げて、大きく左右に振りつづけた。たった一人になっても、彼は機内に入ることを、まだためらっていた。私は何度か、涙で目が曇ってきた。その中に、まだ彼の振る「行広」が、かすかに見えた……。ジョージア夫人が、彼の後に立っているのに気付いたのは、私が幾度か、涙をはらったあとであった。スチュワーデスが「扉を閉めます、機内に入って下さい」と言っている言葉が、折からの激しい爆音の中を、流れて来るように感じられた。扉がとざされた。

夫妻が、どの辺りの席に着いたかは、もう皆目解らなかった。ジェット機の胴体には、丸窓が並んでいる。その丸窓の向こう側で、必ず手を振っているに違いない二人に、私も家族の全員も、激しく手を振り続ける中を、やがて機体は離陸をはじめ、グングン上昇していった。

羽田空港で、クレンショー夫妻と別れてから、家族が急に減ったような淋しさを味わったのは、私だけではなかった。翌日テキサスから、電話が掛かって来た。彼はつつがなく故郷についたこと、日本の日々が楽しかったこと、日本刀を大切にすることを伝えて来たのだった。

妻は、彼等の使用した食器を、いつ迄も食卓のすみに、並べて置いた。家族が揃ってテーブルを囲んでは、黙ってその食器を眺め、何か楽しそうに、それぞれの想い出にふけることが続いた。

一週間も経ったろうか。一通の大きな封筒が届いた。彼からの便りと、日本で撮った写真であった。

しばらくして、次の便りが届いた。

「スバラシイ日本刀を、大切にしています。たぶん、ダラスはおろかテキサス州でも、これ以上の名刀を持っている米国人は、私以外には、いないでしょう。

この刀の作者や、歴史、値段について、知りたいと思います……」

友人たちに、自慢して見せる度に、その事が気になるので、知らせてほしい、と言う意味の手紙であった。

私は早速「日本刀価格便覧」を、航空便に託した、彼に贈った「行広」の頁を抜き書きして、むずかしい漢字にふりがなをつけて、彼が苦労せず理解出来るように、その紙片を添えた。

彼には言わなかったが、「行広」を彼に持たせるため、半日がかりで文部省の美術課に行き、日本刀海外持ち出しの許可を取得するのに一苦労したのであった。

やがて彼から手紙が来た。彼の会社のメモ用紙にあわてて書いたらしい。刀の価格があまりにも高価である。それとは知らず頂いてしまったが、価格のことを知った今、申し訳ないから返送したいという、如何にも彼らしい文面であった。

いつもの彼に似ず、この文面には彼の感情の乱れが、うかがえた。いつもなら、最初「船坂さま」と書き出せば、終わりまで「船坂さま」を使って書く彼だった。それがこの便りに限って、船坂、貴男、御貴殿、軍曹と、四種の呼びかけを使っていた。よほど激しい感情をもって、書かれたものだ。

彼の手紙を、くり返し読んでいくうちに、遥かな海の彼方で、一人苦悩する善人の彼の心が、彼の心配する訳が、私に手に取るように解った。

②

TOX
TEXAS OKLAHOMA EXPRESS
"TOP BRAND OF MOTOR FREIGHT SERVICE"

①

私の友人船坂様ー
貴男は私に下さいました日本刀
について本と手新を受きました。
私は日本に居たたびに、その事
よく分からなかったのであった。
御貴殿は私に日本刀のこと
について説明されました。けれども

DALLAS　ME 1-7100
AMARILLO　BORGER　ENID　FORT WORTH　KANSAS CITY
LIBERAL　OKLAHOMA CITY　ST. LOUIS　TULSA　WICHITA

その時目がまわる様になりました、
た、私は貴男の説明お分からなかった。
しつれいでした。そんな高い
ねだんについてーどうぞー
大宝物ですから、私は貴男によ
かへします方がよいのですと思います。
その百六十万円米金で$4,444です。

DALLAS　ME 1-7100
AMARILLO　BORGER　ENID　FORT WORTH　KANSAS CITY
LIBERAL　OKLAHOMA CITY　ST. LOUIS　TULSA　WICHITA

TOX
TEXAS OKLAHOMA EXPRESS
"TOP BRAND OF MOTOR FREIGHT SERVICE"

③

そんな高価な物がございます。
今時いつも心にこんなことについて
思いますので、しんぱいに
なります。
今日ダラスに98°あついになりますが
なつの天気です。みんな元気
です。みんな様によろしく

DALLAS　ME 1-7100
AMARILLO　BORGER　ENID　FORT WORTH　KANSAS CITY
LIBERAL　OKLAHOMA CITY　ST. LOUIS　TULSA　WICHITA

④

TOX
TEXAS OKLAHOMA EXPRESS
"TOP BRAND OF MOTOR FREIGHT SERVICE"

伝って下さい。いつもおくさん
について思出がたくさんある。
ごろの十一時ですから
おやすみなさい。
貴男様貴方の米友人より。
Vernon Grenham

DALLAS　ME 1-7100
AMARILLO　BORGER　ENID　FORT WORTH　KANSAS CITY
LIBERAL　OKLAHOMA CITY　ST. LOUIS　TULSA　WICHITA

翌日私は国際電報局へ急いでいた。

「オタヨリアリガトウ　カタナ　マダタクサンアリマス。モット　ヨイモノヲ　オクリタイガ　オクッテモ　ヨロシイカ?」

私は至急報で、発信を依頼して局を出た。

その夜半、彼からの国際電話が掛かって来た。

「日本刀　コノマエイタダイタノヲ、大切ニシマス。モウ　送ラナクテ　結構デス――」

15
遠いことづて

四十五年八月、私は夏休みの休暇をとって、渡米しようと考えた。クレンショーからの便りの都度、どうしても来てほしい、とせがまれるからである。だが、雑用に追われて、その夢は遂に果たせなかった。

ところがその年の秋、息子の良雄が、知人の天野経済研究所の米国視察団に参加して、渡米することになった。クレンショー夫妻が来日した頃、まだ学生であった良雄も、今は成人して、私の書店経営の手伝いをしてくれていた。息子の渡米が決まると、家族の者たちは、母も家内も私も、毎日のようにデパートにかよい出した。息子に依頼してクレンショーの家族に届ける土産が集められた。

グループで、携帯荷物に指定された重量は、二十キロまでであった。しかし家族のものが、あれこれ思案して集めたお土産は、何と八十キロをこえてしまった。それらは三個の大型トランクに、ギッシリとつめこまれた。一人では到底、運びきれそうもなかったが、良雄は何とかして、持って行くという。

羽田で視察団の一行を見送った時、家族の者は誰一人として、息子本来の仕事、米国経済視察を、しっかりやって来て……とは、言わなかった。クレンショーさん、ジョージアさん、お子様方によろしくとだけ、くりかえした。

良雄の乗り込んだパンナム機が、見えなくなると、家族は八十キロの荷物のことが、心配でたまらなくなった。彼は経済視察が終わってから、一行と別れて、ニューヨークからダラスのクレンショー家を、一人で訪問するスケジュールを立てていた。ロスアンジェルスからニューヨークまでの視察は、十日間の予定であった。その間、あの荷物を一人で運ぶことが、出来るだろうか？　あまりにも無理な事をさせてしまった。家族の不安は、つのるばかりであった。

息子が出発した翌日、突然国際電話が掛かってきた。私はてっきり、息子の荷物のことで何か……。不安のうちに受話器を取ると、クレンショーの元気な声が、飛び出して来た。

「ハロー。ヨシオノ旅行ノコトガ心配ナノデ、ロスアンジェルスマデ迎エニ出マシタ。

今日、良雄トロスノ空港デ会イマシタ。荷物ハ、全部私ガアズカリマシタカラ、安心シテ下サイ。ヨシオノコトハ、引キ受ケマシタ――」

私は、予想しなかった電話に驚いてしまった。ダラスからロスまで、四千キロもあるのである。

その日から良雄の行く先々に、クレンショーから電話連絡は絶えなかった。息子の経済視察は、予定通りニューヨークで終わった。彼は一行と別れ、一人でダラスまで飛んだ。ダラス空港に降り立った彼の前に、クレンショー一家が全員顔をそろえ、出迎えてくれた。

その夜、又クレンショーから電話があった。

「良雄ガ無事ニツイタカラ、安心シテ下サイ」

私たちは、息子を里帰りでもさせたかのように、安心した。

これは、息子が帰国してから、聞いた話だが、

「クレンショーさんの家族は、僕を自分の子供のように、心配してくれました。私が彼の家族に教えられたことは、兎に角、立派な家庭を作っています。私が予想していたアメリカの家族とは、親と子の間には断絶があり、もっと割り切った生活をしているだろうと思っていたのに、この事は、どれもあてはまりませんでした。家族の団結

は強いし、ゼイタクもしないし、それは、和気アイアイとしていました」

と、息子は言っていた。

「お父さん、クレンショーさんという人は、偉い人ですよ。普通のアメリカ人とは全く違っています。あんなマジメな人とは、想いませんでした」

息子の話は、心の底から彼を信頼する話ばかりであった。私には、その言葉をうらづけするように、クレンショー伍長の頃の、彼のいつも直立しているような真面目な態度、その口から飛び出す、ユーモラスな言葉、何処となく隙のない姿が、目の前に浮かんできた。息子の話によれば、ダラスの彼の家を基点とする、西海岸通りの旅程は、全部彼が考えてくれ、アメリカを知らない僕の意見は、一切入れませんでした、と言う。

クレンショーが、言うには、

「私が日本に行ったときは、君のお父さんが、私たちの旅行全部のスケジュールを組んで、無駄のない旅行をさせてくれたのだから、今度は、私が君のお父さんに代わって、全部のスケジュールを組むのが、当然でしょう……」

彼は旅行の日程を、例えば行先の宿泊所の指示から、電話番号まで、その詳細をタイピングして、彼が控えを持ち、そして東京の我家にも一通の控えを送ってくれるという、血の通ったものだった。こうして息子は、アメリカの青い眼の両親の許で、家族の一人として、楽しい日々をつつがなく過ごしていた。

ダラスに到着した次の日のこと、彼は自分の会社に息子をともない、大勢の幹部諸氏に、

「私の日本の親友の、息子さんです……」

と一人一人、ていねいに紹介して廻ったそうだ。夜は夜で、彼は彼の友人の家を、くまなく連れて廻った。その歓迎ぶりは、もったいない程であったと言う。

クレンショー宅で著者の息子と。戦争中のこと、特に著者のことを話してくれたという。

日曜日が来ると、彼は息子をつれて、何処からか借りてきたと思われる、大型バスを運転して街へ出た。街中を廻って、子供達を丹念にひろうようにして、バスに乗せた。そして行く先は、街の教会であった。街の子供たちは、彼の真心によって知らず知らずの内に、神を知り、神を頼って成長するのである。私は今更のように「人間クレンショー」の新たな魅力と、立派な人生観を、確認するのであ

った。

息子は彼の家に、二ヵ月程滞在する予定だった。彼の人生訓や、処世術を、英語の勉強も兼ねて、教育してもらうよう、私は内々クレンショーに、依頼してあった。だが突如として起こった事件によって、息子は急遽帰国せねばならぬことになった。

その事件というのは、「三島由紀夫割腹事件」である。全日本国民に、強烈な衝撃を与えたこのニュースは、俗に言う、〝三島ショック〟の新語を生んだ。そのニュースは、時をおかずして米国にも、伝わった。息子の実感によれば、日本人と同じくらい、米国人も大きなショックを受けたという。

三島先生に剣道の指導をうけ、剣道の練習が終わると、こんどは息子が三島先生に、居合いを教えるという、親しい間柄であった息子がうけたショックは、実に大きかった。

事件があった翌日、クレンショーから電話があった。

「三島サンノコト、残念デス。オクヤミ申シ上ゲマス。良雄ヲ帰シマショウカ……」

私は、必要があれば帰るよう電話します、心配しないよう、伝えて下さい……と言って、電話を切った。クレンショーは戦場で、日本兵の自決や、切腹を目撃しているだけに、その声は何かにおびえているように、聞こえた。

その頃息子は、旅行中であった。旅先のグレンフォードのバスの中に乗り合わせた、日本人の学生からそのニュースを聞いた。〝自決して介錯を受けた〟と聞いた瞬間、三島先生に教えていた、大森流居合の五本目にある〝順刀介錯〟を思い出して、ビックリ仰天してしまったと言う。そのままバスを乗り捨てた彼は、早速東京の我家へと、国際電話を申し込んだ。

東京の私も、「三島事件」の渦に、巻きこまれていた。ちょうどその時、私は牛込の三島事件捜査本部に出頭し、私が三島先生に贈った〝関の孫六〟の刀のことで、取り調べを受けていた。

世田谷の自宅では、妻が電話を受けていた。

「心配しなくていいですよ、お父さんは警察に行っていますが、三島先生の葬式の日取りが決まったら、電話で知らせます。それまでは、クレンショーさんの指示通りにしなさい……」

妻がうっかり口をすべらした〝お父さんは警察に……〟の一言が、息子にとって気掛かりな言葉となった。日頃三島先生と親しかった父のことを考えれば、三島先生と一緒に、事件に参画したのではないだろうか？　と想像したらしく、クレンショーと帰国について相談した結果、やはり一日も早く帰るべきです――クレンショー夫妻と、息子の意見は一致したという。

私が羽田に息子を迎えに行ったのは、十二月初旬であった。この事件の人々に与えた衝撃は、いまなお続いていた。

飛行機から降り立った息子の表情は、みちがえるようになっていた。一ヵ月前、渡米する頃にはまだ少し残っていた、少年っぽさが、今はすっかり消え失せていた。渡米する時と同じくらいの、クレンショーからの心こもるお土産と、彼から私に対しての伝言を、息子はたずさえて来た。

「グンソー、あなたは、再び死ぬことを考えるな。生きて国のために尽くして下さい」

くれぐれもそう伝えなさい、と息子に繰りかえし念を押したという。クレンショーの言葉を、息子から聞かされた私は、思わず涙のにじみ出るのを、押さえようともしなかった。

それ程まで、私の身を案じてくれる彼の心が、にくいほど嬉しかった。

「死ンデハイケマセン、生キテ日本ヲ再建スルノデス……」

硝煙の中で、そう言って私を激励してくれたクレンショー……そして再び、

「生きて国のために尽くして下さい……」

TAISEIDO, INTERNATIONAL

U.S.A.
10005 San Lorenzo
Dallas, Texas 75228
Phone: A/C 214-237-6853

JAPAN
Moto-Azabu 2-10-10
Minato-ku
Tokyo 106 Japan
Phone: 446-3443

April 6, 1971

Dear Hiroshi and Jack - as you can see, I am really going after this stuff. This is my new USA letterhead. I used the Moto-Azabu address since I was not sure that Hiroshi would want me to show his yet - but since you all said it was okay to use "Taiseido" I went ahead and did just that. Regards

Lemon

Taiseido, International is the outgrowth of one of the closest personal relationships ever developed between members of the Armed Forces of War-Time enemies who became friends and then, in turn, reputable and responsible business men when each had returned to his own country.

Due to ability to handle matters in Japan in the Japanese language, coupled with nearly 40 years of experience in the business field in America, I have been requested several times to "find" certain products and commodities of Japanese manufature which my American business friends wished to purchase direct, either in large lots or small quantities. In each instance I was able to go to direct sources in Japan and, as result of negotations with manufacturers (by-passing all intermediate "mark-ups"), I was able to save substantial amounts on such products CIT, Houston, Texas port.

Many of my friends then asked why I did not offer such ability to selected firms on continuing basis. Since I had so many contacts in Japan in all areas of industry in that Nation, and since my friends in Japan were willing to enter into this with me, it was obvious that failure to do so would cause business men in Southwestern United States who wished to sell Japanese products to be subjected to the continual string of Japanese and American "mark-ups."

The response from Japanese sellers has been tremendous. We now are able to quote for you (at your specifications or product sample) CIT Pacific or Gulf Port on the following commodities or manufactured articles:

ELECTRONIC PRODUCTS: (to your specifications in lots 5,000 units or more)

AM/FM/MPX Receivers
Cassette Recorders & Players
Automotive Front Loading Cassettes
Automotive 8-Track Players
Home (Combination) Cassette
and 8-Track Stereo Systems
Portable Cassettes and 8-Track Transceivers
Audio-Visual Devices
In-Line Plastic Transitors
TO-5- TO-18 Plastic Transistors
TO-5- TO-18 and Other Types of Metal Transistors
TO-5-Midlevel ICs
Gold Electroplating and Tin Plating
Dual TO-5s

これこそ天の声であり、この伝言こそ、息子がたずさえてきた、太平洋の彼方からひびく、まことの友情の声でなくて、なんであろう……。

あけて四十六年の春、ちょうど彼を招待した五年前の春を思わせる日である。ダラスから便りがあった。それは、私はアメリカの子供たちに、日本語を教えることになりました。文面の一つは、私の余暇を利用してです。そのため、子供向きの日本語教科書が必要ですので、送ってほしい、ということであった。彼が自信を持って日本をアメリカの少年少女に啓蒙しよう、と決意したのは、彼がいつも言っている、これからの世界をリードするのは、アメリカと日本であるということと、日本こそアメリカが手本にしなければならない、アメリカにない精神的なものを持っていること――これを教えたいと願ったのだろう。

もう一つは、彼が貿易をはじめたという、報せであった。彼は何年も前から、私にこう言っていた。「貴方のために、何かしてあげたい。その時は、貴方の経営している、大盛堂書店の名前を、使用させて下さいますか」私は「何時でも、どうぞ」と承諾していた。

「アメリカ国内で、アナタの店の名前を、拡めてアゲマショウ」そう言ってくれる、彼の気持が嬉しくてたまらなかった。約束通り、タイセイドー・インターナショナルと、冠せられている、挨拶状であった。私も、彼のために何かしてあげたい、と考え続けて来たが、いまだこれと言うものもないまま、現在に到っている。それだけに、彼に先手を打たれたことが、何となく申し訳ない。私は英文の開業案内に目を通して行った。

挨拶文の冒頭には、「大盛堂貿易商会とは、戦時中敵同士であったのが友達となった、二人の兵隊の奇しき友情がもととなって、発足したものであります。二人はそれぞれ自国に戻って、一応の実業家となりました」と、書きつらねてあった。

日頃、仕事の忙雑さに追われることが多く、曜日とか日日《ひにち》のこととなると、無頓着な私だったが、今日が五年前クレンショーと再会した、四月十七日であることに気付いたのは、その日の夜であった。

私は、クレンショーに会って以来、春が一番好きになっていた。ある日、「米国から、いま羽田空港に着いたばかりです」と、名も知らぬ人から、電話があった。「実は私、テキサスのある教会で、一人の米国人から、貴男方の美しい友情の話を、聞かされました。私は、いたく感激しました。出来ることなら今すぐ伺って、彼からのことづけをお伝えしたいのですが、所用があるため、日を改めてお会いしたい。私は浅野と言います」

これはよくあることだった。年間二、三十人の見知らぬ人が、クレンショーの伝言を伝えに来る。渡米した人が偶然クレンショーに、話しかけられ、外国で見知らぬ人々に囲まれ、言葉も通じず、心細い想いを抱いているだけに、外国人から親切に、日本語で語りかけられれば、話もはずむ。そして最後に、東京には私の親しい友人がおります。どうぞ東京にお帰りになったら、船坂によろしく、と、頼まれるからであった。

それも著名な人が多く、私はいつもことづけを聞きながら、彼がこうして個人的にも、日米親善のかけ橋となってくれていることに、心から感謝するのだった。

これまでのように、ただよろしくという伝言なら、電話で済まされる。浅野氏が、教会で聞いた、と言っていた一言に、何かいままでと違うものを感じた。

それから、かなりの日数が経った。或る日私は一人の人品いやしからぬ人の訪問を受けた。先頃の電話の浅野春三氏であった。氏は日立市の茨城キリスト教学園の総長である。

浅野氏は、大正末年に内村鑑三先生に私淑して基督教を学び、最近この学園に、選ばれて総長となられたという。一見して宗教学者を思わせる、信仰厚い物静かさを、ただよわせている方であった。

「クレンショーさんは、元気でしたか？」

「ハイ、お元気でした……私はこのたび初めてアメリカに渡り、本当にアメリカ人らしいアメリカ人にお会いして、こんなに心を動かされたことは、ありませんでした」

浅野先生は、「実はこうなのです……」と、語り出すのであった。

「私とクレンショーさんの教会は、同じ教派なのです。今度学校再建のことで、ダラスにあるアメリカの援助財団と教会に相談ごとがあって、参りました。

私がまず教会に行って驚いたのは、教会の説教壇のまん前にある大きな黒板に、平がなに漢字まじりの立派な日本語で〝浅野総長、アメリカによ うこそおいで下さいました。教会関係者一同、よろこんで歓迎申し上げます。日本人の友達、フォレスト・ヴァーノン・クレンショー〟と、大きく書いてあるではありませんか。

こういう事は、はじめての経験でしたので、涙が出るほど、嬉しうございました。そして日本人の友達、とあるでしょう、私はこの文字の背後に、何か言い知れぬものが秘められているような感じを受けました。

その時はじめてクレンショーさんにお会いしました。私が受けました印象は、この人には、日本に何か特別の関係、例えばこの人の家族か、親戚の人がいるのであろう……という実感でした。

それから幾日か経って、私がダラスを去る当日でした。彼は私を昼食に招待して下さいました。私はよろこんでこの招待をおうけしました。ここではじめてクレンショーさんから、船坂さんと彼の話を聞かされました。それも、人間の本質を変えてしまう、近代戦という悲惨な戦場に於て起こった――人間精神の高さと美しさのある、しかも赤裸々な、人間同士の崇高な心情のあふれた話だけに驚いてしまいました。

クレンショーさんと船坂さんの出会い、徐々に目ざめて行った友情、実にあり得ないような二十一年後の再会、アメリカと日本、遠く太平洋を隔てた現在の親交。この一連の奇しき物語は、神の愛に支えられていることを充分に証明するものです。これを聞くことは、百万べんの講義や説教を聞くことにまさります。ともすればこの世の中は、悪魔が支配するかのように感じる者が多い。この話は、後世への語り草、或いは大きな教訓として語り伝えるべきであると信じます。

これからも堅い信仰に立って『勇気』ある生涯を送るであろうクレンショーさん。『武士道』を守って生きるであろうあなた。おふたかたの友情の中の葛藤には、かつてない感動を心の底深く受けました。……」

最後に浅野さんが言った。それは拠る所を守って金輪際あとへ引かない私であることを百も承知で、くれぐれもと浅野さんに托したクレンショーのことばであった。

「船坂さん！

クレンショーさんからの伝言です。

毎日、聖書を読んで下さい。

日曜日には、教会に行くように！」

あとがき

私は南太平洋の激戦地で重傷を負い、捕虜となった。捕虜収容所の一監督兵は、一途に死に逸る私に、死に急ぎをいましめた。

彼はキリストを主と仰ぎ、その愛によって全てが支えられていると主張し、私は一死以て国を護る武士道の伝統に生きることを固守した。

精神の格闘の中にも友情が芽ばえつつあった。だが二人は別れ別れになった。私が米本土に送られたからである。

私がこの恩人を探しもとめて、再びその声を聞くことが出来たのは、二十年後のことである。二人は今、生きているよろこびと平和の尊さを深く噛みしめつつ、親密な交りをかさねている。東京とダラス、その距離は遠いが、心は近くあたたかく結ばれている。

Ｆ・Ｖ・クレンショー氏と私の間に起こった小さな奇蹟は、人類愛にもとづく世界平和達成への、大きな証しであることを、今私は固く信じている。

昭和四十六年八月

東京世田谷において　船坂　弘

単行本　昭和四十六年十月　文藝春秋刊

NF文庫

聖書と刀

二〇二〇年七月十五日　第一刷発行

著　者　船坂　弘
発行者　皆川豪志
発行所　株式会社　潮書房光人新社
〒100-8077　東京都千代田区大手町一-七-二
電話／〇三-六二八一-九八九一(代)
印刷・製本　凸版印刷株式会社
定価はカバーに表示してあります
乱丁・落丁のものはお取りかえ
致します。本文は中性紙を使用

ISBN978-4-7698-3175-4　C0195
http://www.kojinsha.co.jp

NF文庫

刊行のことば

第二次世界大戦の戦火が熄《や》んで五〇年——その間、小社は夥しい数の戦争の記録を渉猟し、発掘し、常に公正なる立場を貫いて書誌とし、大方の絶讃を博して今日に及ぶが、その源は、散華された世代への熱き思い入れであり、同時に、その記録を誌して平和の礎とし、後世に伝えんとするにある。

小社の出版物は、戦記、伝記、文学、エッセイ、写真集、その他、すでに一、〇〇〇点を越え、加えて戦後五〇年になんなんとするを契機として、「光人社NF（ノンフィクション）文庫」を創刊して、読者諸賢の熱烈要望におこたえする次第である。人生のバイブルとして、心弱きときの活性の糧《かて》として、散華の世代からの感動の肉声に、あなたもぜひ、耳を傾けて下さい。